「せんだみつお」が只管《ひたすら》
ニッポンについて考えた
笑えない22のこと。

せんだみつお
SENDA MITSUO
ヒルマトミオ
HIRUMA TOMIO

駒草出版

はじめに

せんだみつお

「団塊世代の生き様」とは？

わたしと同世代の皆さんたちは、時代がラジオからテレビに移行し、ベビーブーマーといわれる競争社会の中で墓場もないなどといわれながらも、平凡パンチ、アイビールック、みゆき族、エレキギター、ディスコなどが大流行して、国の経済状況も上向き、故池田勇人《はやと》総理の所得倍増計画にあやかって、決して裕福ではなかったが、いや、むしろ貧乏真っ盛りでありながらエネルギーに満ち溢《あふ》れていた。

日本がそんな復興に向けて全速力で進んでいる時、ひとたび目を外に向けると、ベトナム戦争や、ケネディ大統領暗殺という暗いニュースと隣り合わせの中で、それでもただ目先にある「幸せもどき」を謳歌《おうか》していたような気がする。わたし「せんだみつお」自身、高校時代から芸能界に興味を持ちはじめ、プレスリーやビートルズ、日劇のウェスタンカーニバルにうつつをぬかしていた。日本中が外国かぶれし、それにテレビ界が便乗し、作り手も無我夢中の時代だった。

ちょうどその頃の時代を、評論家の大宅壮一《おおやそういち》氏は「一億総白痴化」と表現した。あれから40年あまりを経て、それは当たっていた。

そんな功と罪の中で、テレビ放送が2011年にはデジタル化する。しかしテレビ業界もご多分に漏れずこの大不況の下、つらい冬の時代を迎えている。

バブルが崩壊して約二十年、十二年連続自殺者三万人超え（警察庁発表）は、先進国では日本だけだ。それでも、団塊世代の芸能界の自称ゴキブリ、不肖、わたし「せんだみつお」はどっこい生き続けている。

それはなぜ？　理由は簡単、ただ「只管《ひたすら》に生きて」きたからだと思っている。自殺願望者はすぐこの本を手に取ってまずは一読願いたい。この本は、それをひもとき、「誰もが自《みずか》ら死んではいけない法則」を説く。幼少期からの「せんだ流生き方」や、多くのビッグな人たちとの出会いなどを通じて得たことなどを紹介しながら、受けた教えや影響を語りたい。

「団塊世代は必読……悩める世代も必見！」

とにかく、この本を手に取ってみよう。「生きたくなる！　バカヤロー！　死んでたまるか！」と思ってくれたら本望だ。わたし「せんだみつお」なりの生き様を通して、過去から現在、未来をも達観して、世相をのぞきながら書き進めたいと思う。

わたし、「せんだみつお」も今年は芸能生活五十周年を超え、六十三歳になる。還暦を過ぎて早や二年あまり、このへんで世間に向けて何かを発していくのもよいのではないかと考え、ペンを取った次第。

監修人の一言

監修人・ヒルマトミオ

「せんだみつお」さんとは、間もなく三十年のつき合いになる。

この本を書くことを相談された時、「え？」だった。お笑いタレントとしての実績は元より、俳優としても、司会者としても、コメンテーターとしても、大変な才能の持ち主であることは十分に承知もしている。しかし、「書く」は全く違うし、今更、「せんだみつお」さんがお笑い本を出したところで、あまり大きな意味もないと考えたからだ。

今までも何冊も本を出されており、一通り一読してみたが単なるお笑い本。全く乗り気にはならなかったのだが、よくよく聞いてみると、「最近の日本の情勢、自殺者の数、疲弊した社会に、まして同世代の団塊世代や、苦しんでいる世代を、少しでも励ましたいとの思いから書きたい」とのことだったので「一言一句」自分の言葉で綴っていくならと引き受けた。

当初の予定より大幅に出版が遅れてしまった理由が、その言葉選び、表現法などは当然ながら、「せんだみつお」さんが言葉を思いつくまで待ち、読む人が、あたかも、傍《かたわ》らで「せんだみつお」が話している」と思えるような語り調が出るまで待ったことによる。

監修人より

最近は嫌なことばかり続く。

北朝鮮のテポドンに脅かされて手も足も出ないばかりか、多額な税金を使って整備したはずの防衛システムも、実は使い物になるかさえ怪しくなってきた。

日本は大丈夫なんだろうか？

国民の生命《いのち》と財産を、とりわけ生存権をアメリカに頼る時代は終わったのかもしれない。政府が、政権与党がそんな無責任では国民はたまったもんではない。政権交代が起きたことは、むしろ時代の流れで必然だったのかもしれない。

民間人の方が世界情勢を敏感に感じていると思うのは国民共通認識だろう。

かつて一世を風靡《ふうび》した村上ファンドの村上氏やホリエモンなど、瞬《また》く間に消えて、今では裁判ニュースでしか名前を聞かなくなった。実力のある人たちだから、やがては「有罪ならば罪を償《つぐな》って」復活するだろうと思っている。そうでなければ時代の寵児《ちょうじ》・申し子として持て囃《はや》された過去が泣く。彼らは色々な意味でジャパン・ドリームなんだから。

しかしながら、今、私たちを取り巻く環境や世相は、不況と不安定な雇用で暗く、大変息苦しい。アメリカ発のマネーゲームの崩壊は、世界から夢と希望を奪い去った。

三万人以上もの自殺者数、しかも十二年連続という現実を見ると、自殺者世代の広さに驚かされる。小・中・高生のいじめ苦自殺や、ヤングママの子育て不安道連れ自殺など、これらは、社会の取り組みで防げるはずで「本来は起きてはいけない！」と思う。

何しろ、世の中が殺伐としている上に、政治も、経済も混迷して、周りに温かい目を向ける余裕がない。当初騒がれていた新卒者の就職内定取り消しに始まり、派遣切りや、期間契約労働者の途中契約解除、果ては、正規雇用の社員までいつ首を切られるか不安に駆られて、特に中高年労働者がいつ退職勧告を受けるか、おののいている始末だ。これらの中高年労働者は、技術やノウハウを熟知しているだけに、その知識がやがて外国に流れて、いつの日か、いや、瞬く間に我が国の経済活動の脅威になって戻ってくることは明白だ。

いいたくはないが自業自得というもの、昔はよかったなぁ～となる。昔といっても決して遠くなく、つい先頃の夢や目標や人の温もりがあった頃のこと。

この本を書くにあたり、「せんだみつお」という、たぐいまれなる才能を持ちながら、なぜか、どこか実力評価が低い、実力を発揮していないような気がするタレントとの三十年あまりに及ぶつき合いの中で、怒ったり、叱ったり、笑ったり、励ましながら来た歳月を振り返りながら、著作のつき合いもすることにした。

　この本が読んで頂ける読者の皆さんの、心の片隅にでも残る激励になったり、何かのお役に立てたら「せんだみつお」も光栄に思い、また、監修者としてもこの上なく嬉しい限りだ。

①

常に甦《よみがえ》ることを考えよう

日本人の特徴の一つにあきらめが早いことがある。何かに行き詰まるとすぐに放り出す傾向が強い。

極端な例だが、仮に中国や韓国・北朝鮮（朝鮮民族）などに、広島・長崎のような原爆が投下されていたとしたら、おそらく、日本のように従順にアメリカの同盟国にならず、敵国として今なお国交も開いていないかもしれない。

民族意識が強く、国の体面を重んじ、誇りを大切にする、これは素晴らしいことだと思う。今、日本人、特に若者に国の誇り、民族意識を問うたら如何《いか》なることになるか興味深いものがある。

アメリカと中国はイデオロギー的に全く異なるが、この両国には直接戦争した歴史がないし、韓国は韓米安保条約で建前として北の脅威から守られている。しかも米中両国は、国連の常任理事国であり、ともに絶対的拒否権を持っている。それどころか、中国はいまや、アメリカ国債の最大保有国でもある。つまり、中国とアメリカは、もはや戦うことはあり得ないパートナーということだ。

一方で、日韓関係は必ずしも良好とはいえず、国民意識に大きなズレがある。韓国の世論調査で、一番嫌いな日本人は、今でも豊臣秀吉だそうだ。わたしたちの世代の日本人が責任を取れることではないが、侵略された歴史の事実は、事実として教科書に記載され、屈辱の歴史を次の世代に引き継ぎ、永遠に忘れ去られることはない。侵略された歴史と、ずたずたに傷つけられた民族の怒りは忘れないということだ。これだけ親しい関係を保ち、ともにアジアの重要な国家でありながら、国民感情は決して信じ合う関係ではないことが悔やまれる。

中・韓国民の（北朝鮮も含む）原理・原則を曲げないという強い民族意識は、何かと先送りしながら曖昧《あいまい》を旨《むね》とする日本人にとっては尊敬に値する。国として、それは明日への全ての活力にもつながるし、日本に負けてたまるかという対抗意識を持ち続け、将来への向上心にも直結しているのだ。それが底辺にあるからか、世界野球（ＷＢＣ）の試合にしても、サッカーやバレーボールにしても、フィギュアスケートにしても、負けじと日本に立ち向かう姿勢は凄《すさ》まじいものを感じる。この悔しさを持ち続けることによって追い越そうとする意識、気概が民族の誇りに通じていると思われる。その意識、気概が日本人に欠乏してしまったのは悔しい限りだ。

日本人の場合は、我慢が美徳とされ、あきめることを通じて歩みより、何かにつけて妥協の道を選んでいくような気がする。この誇りを失った日本人の中には、事業に失敗したり、リストラされたりしたことによる生活苦など様々な理由で、自らの命を絶つ人が多くいることが残念でならない。この世に生を受けたものは全て、「生まれた瞬間から、ひたすら死に近づいている」のだから、自ら死を選ぶことは間違いだ。

自殺者はどうしてもなくしていきたい。人間は最も優れた脳を持つ動物で、想像力という能力を持っている。自分が死んだ姿を想像し、惨《みじ》めな醜態をさらさないようにと思ってほしい。人間は死ねば必ず誰かの世話になる。それを、自ら選んで死んだら、世話する人に申し訳ないではないか。不慮の事故ならばともかく、自ら鉄道や車に飛び込み、あるいは高いところから身を投げたり、薬物等を使って自殺行為に及んだ己《おのれ》の姿を想像したら、最後にお世話になる人に申し訳なくて、とても自殺などできないはずだ。

アカデミー賞を受賞した映画『おくりびと』には学ぶことも多い。人に身体《からだ》を清めてもらい、身繕《づくろ》いをしてもらい、仏教的にいえば三千世界、三千億土に旅立っていく。日本には「死ぬ気になれば何でもできる」と、「死んで花実が咲くものか（なるものか）」というい い習わしがある。起死回生のチャンスとは、死ぬほど苦しんだが故《ゆえ》に生み出される生きる術《すべ》か？

自殺願望は、わたし「せんだみつお」流にいわせれば自分の顔がない、自分の言葉を持たない、自分という個性が発揮されないことで起こる虚《むな》しさが原因なのだと思う。友達を作れる、作れないでも「人間性」に大いなる影響が出てくる。友達が多ければ情報も多くなるし、人間関係の幅も広がり、物事の機微に触れることも多様になってくる。自分を見直すことにも通じてくるし、人への思いやりの心もはぐくまれてくる。そんな人であれば安易に自分を投げ出すこともないと思う。

人は役目があるうちは死ねません。当然、ご先祖様もお迎えには来ますまい。天寿は個々にあるのでしょうが、「天寿を全《まっと》うする」という言葉、いいですね。

陽《ひ》のさす場所より目立たない場所を好む、人との交流が少ない、突き詰めれば心を許せる友達がいない、そんなところからとっとと逃げ出しましょう。実はみんな寂しいんですよ。だから友達を求めているんではないでしょうか。

追い込まれ、苦しんだ人に与えられた生きる力、そこに勇気が生まれ、もう一度やり直そうという気持ちが生まれてくるのではないでしょうか。甦る心だから「起死回生」といい、絶対自分で死を選んではいけないですね。

「人間万事塞翁が馬＝にんげんばんじさいおうがうま」という言葉がある。

世の中の吉とか凶、災い、幸、福は全て生まれては滅し、変化するから、何が幸で何が不幸か、予測ができないのだと解釈している。それを、わたしは「せんだみつお」流の勝手な思い込みで、今日の不幸が、明日の幸せにつながるかもしれないと「プラス思考で捉えること」にしている。そう胸に誓えば大抵のことは乗り切れるように思うからだ。

一例ですが……。

「今度生まれ変わったら結婚しようね！」といい、別れたアイドル歌手の男女がいた。当代の人気者同士であった。私「せんだみつお」にいわせてもらえば「人間生まれかわることは絶対にない」。だからこの言葉はウソだと思う。ウソでもいいじゃないか、その時が「お互いに幸せなんだから」となる。結婚して一年も経たないうちに離婚するより、よっぽどまし、幸せってもんである。

「生まれ変わる！」は仏教でいう「輪廻《りんね》」「転生《てんしょう》」、または「七転八起」からきているのかもしれないが「生まれ変わったら」なんて言葉は、無責任に簡単に、使って欲しくはないな。

以前、松下幸之助《こうのすけ》氏の著書で読んだことがある。「人間なぁ、二回、三回までやな！ 転ぶのも、七回も転ばれたら助けようがないわ！」だったと思うが正論だと思う。一度死んだものが生き返ったら、再生でも、甦るでもなく「ゾンビ」そのものだ。

でもね、誰にもつらい、悲しい、苦しい思いはある。そんな時にこそ世間体を捨て、少々の誹謗《ひぼう》や中傷には耐えて甦ろう。どうせ一回死んだと思えば仏様《ほとけ》みたいなもの、その時こそ「殺されたって死ぬもんか！」と顔晴《がんば》ってほしい。

人は必ずいつか死ぬ、江戸時代の人は生き残ってはいないし、明治時代の人も少なくなって、昭和生まれでさえ八十五歳、自らを死に追いやってしまったら自分が「加害者・殺人者」になってしまう。しょせん人間なんてものは大きな自然の中で生かしてもらっている、ほんのちっぽけな存在なんだから。いつも、「ありがとう」という感謝の気持ちを捨てないで生きたいと思っている。いずれ寿命が来て、ご先祖様がお迎えに来てくれるまで役目を果たしたいと思う。

わたし「せんだみつお」も若い時に全盛期というか、黄金期を味わった一人だ。周りはチヤホヤするし、若いから自分は人気者と勘違いもする。そんな芸能界で五十年以上にもわたってどうにか忘れられない程度に生きてきた。後輩がドンドンのし上がっていくのを横目で見ながら、「今に再《ふたた》び、せんだみつおの甦る時代が来る」と信じて。

「甦る」「蘇る」、広辞苑によると「黄泉《よみ》（死者が住む所）からかえるという意」とある。それで「よみがえる」なんだそうだ。しかし、「蘇生する、失っていた活力を取り戻す」とも。「雨で草木がーる」「記憶がーる」とも。一回死んだものは再び生き返ることはあり得ないので、失いかけていた活力を取り戻すという意味で使わせてもらった。

日本人は「死者に鞭打《むち》つ」ことはしないが、死んでしまえば全てが完結してしまう。この世に生を受けて、イヤ、両親から掛け替えのない命を頂いたんだから、精一杯生きようと考えよう。

◇

不幸にして、生まれてすぐに命の灯《あかり》が消されてしまうような国もある。戦火にまみれて、幼くして命を失う子供。ほんのわずかのお金がないために、ワクチン投与ができないで幼くして亡くなる子供もいる。日本に生まれて、如何に劣悪な環境に陥っても、それで命を失う子供はいないはずだ。まして、大の大人が、理由のいかんを問わず、自らの命を絶つことがあったら、これは神仏に対する背信であり、冒涜《ぼうとく》ではないだろうか。

人は必ず死ぬんだから、わたし「せんだみつお」もその日が来るまで生き抜こうと思う。生きた証《あかし》を残そうよ！　名を残す、仕事を残す、これは大変難しいけれど、友人や知人に時々は思い出してもらえるような人間でいたいし、人としてのたたずまいを作っておきたいですよね。

②
上に立つ人の資質

元内閣総理大臣、故・佐藤栄作氏は政権運営は「寛容と忍耐」といったという。

東京オリンピックで金メダルを取った女子バレー「東洋の魔女」軍団の監督であった大松《だいまつ》博文《ひろぶみ》氏は「黙って俺について来い」といった。

既《すで》に記憶の彼方《かなた》になってしまった、あの頃の指導者には男の確固たる信念のような、含蓄《がんちく》のある言葉を感じる。敗戦という屈辱を乗り越え、国家復興への希望を持ち、貧しさに負けない強さや、物事を尊《たっと》ぶ精神を受け継ぎ支えてきたからではと思う。

それが、昭和35年前後から、戦後の男女同権教育が浸透し、男女の差別などは「とんでもないこと」になり、男の立場が急速に弱くなっていったのかと思う。この時代を境に考え方が大きく変わった様な気がする。

私自身は、その男女同権教育に異論をはさむつもりは毛頭ないが、男性はお父さんになるための逞《たくま》しさや強さを、女性はお母さんになるための優しさや可愛《かわい》さが備わっている方がいいように思うのだが。どちらが優れているかということではなく、瞬発力で男性が勝《まさ》り、持久力で女性が勝っていることを知り、役割分担をすればよいのではと私は考える。

最近のスポーツ界を見回しても、例えばオリンピックのメダルの獲得数だけをみると、どうも男性陣より女性陣の方が勝っている。マラソン、柔道、レスリングなどは、相当に男性陣が後れを取っているような気がしてならない。一概に男性が弱くなったとはいい難いが、女性が頑張っていることは確かだ。

もちろん、水泳の北島さんのように頼もしい青年もいてくれてほっとはするが、今世代からは、どんな「上に立つ人」が現れるやらと、心細い感も否《いな》めない。柔道の山下さん・野球のイチローさん・水泳の北島さんのような一本筋の通った指導者が、この国の救世主になってくれることを望みたい。

男女に限らず、上に立つ人の資質を問えば、只管《ひたすら》、自分の道を極めていく努力家ということか。人を押しのけてまで出世せよとはいわないが、向上心と、研究心と、好奇心のない人は上に立つ資格がないし、思いあがる人は行き詰まる人にみえて、これもまた不適任者のような気がする。誰とでも、分け隔てなくつき合えて、親身になれる人、約束をたがえない人、簡単にいえば人望のある人が上に立つ人の必須条件なんだと思う。

「アレ?」気がついたら頂点にいた?

政界、財界、あらゆる分野で9割が運と縁だといわれる。同じように、或《あ》るいはそれ以上に努力した人でも頂点に立てない人が山ほどいる。わたし「せんだみつお」の身近な芸能界はそれが顕著といえる。

「なんでアイツがあんなに売れる？（もちろん相当な努力も見えないところではしているはずだが）」などはよく耳にするねたみ言葉。聞くところによると、所属事務所の「コネ」とテレビ局との「癒着」という部分もないとはいえないのだろうが、出た以上は絶対使命として「視聴率は取らねば！」という責任があるわけで「運と縁」が要《い》るのかもしれない。

「俺は頂点に立った」と思ったら次の日はドスン。つまり思い上がった勘違いといえる。

五十年以上芸能界で生きてきた人間の本として、一体何を書けばよいか、書いたにしても読んでくれる人がいるのか？

そこで今回は、団塊世代や、悩める多くの人たちと同じ土俵の上に立って、苦しんだり、悔しがったり、数々の思いをぶつけて、少しでも読者の皆さんのお役に立てばというコンセプトにした。ヒルマ氏に監修と、多少の文章の至らない点は遠慮なく直してもらい、思いの丈を文字に刻むとの共通認識の上で一文字ずつ刻んでいる。芸能人本の多くがそうと聞く「いわゆる口述筆記本」にしないで書いてみた。

芸能界の裏話や楽屋話などは山ほど出版され、読者もきっと読み飽きていると思い、今回は、わたし「せんだみつお」自身が見た、感じた、社会・国家・世界などのほかに、もちろん、芸能界のことなども書きながら、団塊の世代の一人として頭に浮かぶままを率直に書いていく。

この原稿を書いているたった今、テレビのニュースは、オバマ・アメリカ大統領の障害者差別発言を報じている。なんでも「ボウリングのスコアが障害者のオリンピック（パラリンピック）のスコアに等しい……」という相応《ふさわ》しからぬ発言であったようだ。

ここでわたし「せんだみつお」が思うことは、絶大な支持を受けて大統領になった「立派な人」といわれる人でも、時にはこのような失言をするということだ。アメリカ大統領という、世界のトップ指導者になったが故の慢心から出たのかは分からないが、一体人間って何だろうと不思議に思える。

わたし「せんだみつお」の経験の一つを紹介する。ちょうど三年ほど前、地方のある小さな町で講演を頼まれた時のことだ。わたしを紹介するための前口上を色々と語った末に、その町の町長さんだったか、議長さんだったかは忘れたが、お偉いさんが「そんなわけで、今回は町の予算も少なくて……、大した芸人も呼べなかった（？）んですが紹介します。せんだみつおさん……ドーゾ！」ときた。

ここで変な表情をしたり、怒って帰ってきたらお笑い芸人の名がすたる。そこは笑顔で「我慢！　我慢！」とやり過ごし「ただいまご紹介いただきました、大した芸人ではない、せんだみつおです」と受けてたった。このわたしの対応にも、何も感じない地方都市の名士に思わず苦笑してしまった。本人はシャレでもなく真面目《まじめ》に紹介しているのだから笑っちゃうより呆《あき》れちゃう常識の持ち主だった。

因《ちな》みに、七～八年前、茨城県の小川町で講演の依頼を受けた時、茨城県知事の橋本さんが、わざわざ控室までお見えになって「せんださん、僕はせんださんに似ているっていわれているんですよ。今日はお見えになっていると聞き、とりあえずご挨拶と思ってきました」と、大変ご丁重なご挨拶を受けた。知事ご本人が控室まで出向かれてのことだから余計に恐縮した。腰の低い、少しも偉ぶることのない姿に驚くと共に、上に立つ人の資質を感じたのを今でもはっきり覚えている。

こうした、ふとした出会いで、人の温もりや思いやり、尊敬の念などが生まれてくるんだとつくづく感じたことを思い出す。こうして固有名詞を出して話せる、書けることは嬉しいことだと思う。

◇

この芸能界という世界で五十年あまりも生きてくると、色々な人に出会う。頭のてっぺんからつま先まで、ブランド品に身を包んで、それがステータスと思ってる人もいれば、仕事以外は、実に質素な生活をしている人もいる。

芸能人ばかりではなく、産業界や政財界にも多い。「この人はどんな価値観で生きているのかな？」なんて興味深々である。

わたし「せんだみつお」が持っていないからという、ヤッカミと思われても、それでいいけれど、やはり、キンキラキンと飾りたてる人と、質素な人を比べれば、キンキラキンに違和感を感じ、多くの人が好感を持つのは質素な人の方だろう。芸能人ならば、舞台衣装は派手でも商売道具だからいいが、一般にはそうそう派手だと斜め目線で見られても仕方がないのではなかろうか。色々な会場に招かれて行く講演やトークショーの場合、その主催者が頭のてっぺんからつま先までブランドに包まれていると、つい、何となく引いてしまう。

人に好印象を与えるのは、作業着の洗濯の行き届いた清潔感かな？　と思ってしまう。

皆さん！　贅沢《ぜいたく》は敵ですよ！　特に上に立つ人はね。

③

あきらめは自分を棄《す》てること

人に元気を送る芸能人でありながら、さて自分をふり返ってみて、人様を元気づけるとか、応援するとか、励ますなんてできるのだろうか？　自分のことでいえばもともと生来の楽天家、天真爛漫人間の部類に入ると思うのだが、これだけはいえる。それは「自分をあきらめたことがない」ことだろう。

わたしは幼少の頃から数え切れないほどの困難（全部身から出たサビですが）を経験し、もの凄《すご》い恐怖心と嫌悪感に苛《さいな》まれながらも、最終的にはやむなく開き直りに近い状態になるようである。人間としては、恥ずかしい経験を重ね続け、世間様から軽蔑されるようなことになっても到底文句はいえそうもない。

勝手ないいわけをすれば、生い立ちが樺太《からふと》のせいなのか、なんて理由にならない。人間はその生まれた大地の環境や気候風土に順応して「なりわい」が似ると書いたものを読んだ記憶がある。まぁ、樺太は大陸ではないが遠くて近い酷寒の地である。残念ながら、昭和22年7月29日生まれの自分には記憶の欠片《かけら》もない。

父親の仕事の関係で、両親は二十年以上もかの地で生活をしていた。もちろん当時は、樺太の約半分は伊能忠敬《いのうただたか》の日本地図の上からも、間宮林蔵《まみやりんぞう》の間宮海峡もしかりで、れっきとした日本の領土だったわけで、太平洋戦争末期に北方領土同様、旧ソ連に占領され、当時の日本人は命からがらに内地に引き揚げたと聞いた。

樺太の場合は、北方四島と違って条約により領土放棄したと聞くが、親の話では、その悲惨なありさまは相当なものであったらしい。昭和23年には内地に引き揚げているし、乳飲《ちの》み子の自分には「当時の日本人全員が、総じて死を覚悟していた」などということは、両親から聞いただけの知識だ。現に、両親の前で電話交換手の若い女性が自決しているという。辱《はずか》しめを受ける前に「自決を図る」当時の軍部の洗脳によるものだそうだが、沖縄の「姫ゆりの塔」の若い女性の犠牲と何ら変わることはなかったわけで痛ましい。

これも後日聞かされたことだが、要するに、日本国が全て軍部に洗脳され、イヤ、脅かされ、泣く泣く戦争に突入していったわけで、あの昭和の暗い時代には日本国民は、外国の軍隊・軍人より自国の憲兵や特高が一番恐ろしかったのではと推量される。そんな中で日本人は見捨てられ多くの生命を落とした。

日本中に多くの犠牲を強《し》いて、とりわけ、今なお多くの犠牲を「基地」という名で沖縄県に押しつけている現状も、県民の皆さんにすれば、いわれようのない屈辱でもあり、沖縄の歴史上も生々しい姿といえる。

そうして今日《こんにち》、戦争時の出来事が、多くの書物や、映画、映像の世界で美化されて、「戦後六十五年の過ぎ去りし歳月」と共に、思い出の彼方に封じ込められていることが、一番の恐怖といっても過言ではないだろう。

こんな時代だからこそ、自分を見失ったり自信を喪失したら、たちどころに自己を追い詰めてしまうことになりかねない。だから追い詰められる前に何とかしなければ。

わたし「せんだみつお」流にいえば、そんな時は、重々承知の上で、心では申し訳ないと詫《わ》び、一回開き直ればいいと思う。一回追い詰められた気持ちを解放してやらないと、行く先の選択を、狭い方へ、苦しい方へと気分的に導いてしまうから。お世話になった方たちについては、ただただ、「申し訳ない」の一語に尽きるが、やがてしっかり立ち直り、恩返しができる時が来ると信じるしかないのだ。恩返しというのは、世話になった方が苦境に陥った時のことで、できれば恩返しではなくて、感謝とお礼の気持ちを持ち続ける方を願うけれど。

遠回りもしたように思うが、人にはそれぞれに、自分の元気・自信の応援歌などを持っているはずで、私の元気の原点は他の人と同じようになりたくなかったということだ。というより「なれなかった」し、「なりたくない」しが高じて、団塊世代七百万人の中でパーセンテージは極めて低い就職先「芸能界」を選んだ次第だ。

芸能人って、大多数は、朝起きて会社へ行き、夜家に帰って家庭団欒《だんらん》というごく普通の生活ができない、我がままで、中途半端な人しかならないしできない世界だと思っている人が多数ではないだろうか？

さて、この芸能界という世界、もう五十年あまりも身を置きながら、どこからどこまでが芸能界なのか未《いま》だに理解はしていない。テレビに出ていれば、一般に芸能人と思われがちだが、あながちそうでもない。まぁ一応、国が認可した芸能事務所、あるいは会社に所属していれば芸能界で働けるかというとそうでもない。個人事務所で細々とやっている司会者や、マジシャン、演歌歌手などなど、いわゆる人前で、大衆の前で芸を披露し、何がしかの収入を得るのも、芸能界で働く人間つまり芸能人である。ただ、わが国では、テレビに出てこないと芸能人として認めない風潮があることもたしかであり、芸能人もテレビに頼り切っているのも現状だ。

芸能人は、見る人に元気を送るのが仕事で、健康でないと務まらないのも事実だ。まずは「元気」が求められる。健康体でないと、とても務まるものではない。少しでも病気っぽいと命取りであることはいうまでもない。それは仕方がないことで、テレビの収録・コンサート・芝居など、何から何まで身体《からだ》が資本だから元気がないとできるわけもない。超売れっ子のタレントから、「歌舞伎の大御所」といわれる人までも、多少の病気は隠し、無理してでも仕事をこなすものだ。

体調不良は芸能人と政治家にとっては天敵である。そういう意味では、芸能人が一番「元気」に見えるが、その実はなかなか大変である。

人気の上がり下がり、事務所の力関係、特に歌手の場合は、どんなに歌が上手《うま》かろうが、歌唱力があろうが、ヒットが出ないと、いわゆるスターにはなれない。舞台一本でいく俳優でも、やはりテレビ媒体で名を売らないと、有名人の仲間には入れないし、お客さんを呼べない。「有名人」「スター」「アイドル」「売れっ子タレント」全部が元気なしでは成立しない世界なのだ。

さて、我が身をふり返ってみると、まさに昭和47年~昭和54年頃がわたし「せんだみつお」の全盛期、飛ぶ鳥を落とすがごとき、超・超売れっ子有名人で、若者たちのスターであり、国民的人気者であった。

時折、三十代後半から四十代後半の人たちの集まりや、テレビドラマの共演者との打ち合わせなどに行くと、必ずといっていいほど「いやー若い時、ラジオを聞きながらドキドキ、ワクワクしていましたよ」とか、「ファンだったんですよう」とかいわれることが最近多くなった。これも時代が変わった証拠といえる。深夜のラジオで、かなりきわどいHネタを放送したからだろう。そのほとんどの人たちが、異口同音《いくどうおん》のように「最近テレビであまり見ませんが残念だなぁ～」と。本気とも冗談とも思える口調でいう。別に出たくないから出ないわけではないのだが。この辺が人気商売のつらさであり、面白さでもある。

いわばこの逆境にどう対処してきたのかが、これまた涙なしでは語れない真実があり、それを明かして、逆境を如何に泳いできたのか語っていこうと思う。

さりとて、今回の出版のコンセプトは、団塊世代と悩める世代への応援の「のろし」を上げることにあるので、とくべつ笑いを取ろうとする意図はない。真面目にいこうと思う。多少あるとすれば、一般社会から、かなりズレた感覚の世界を、野次馬的感覚で、興味本位に垣間見るだけかもしれないがおつき合い願いたい。戦前・戦中・戦後の大スターと呼ばれた人たちの話なら多少は、イヤ、それなりにタメにもなり、笑いもあり、夢もあるはずだから。

一つ紹介すると、その中に、とてつもなく型破りで、大スターで、豪快で、男の中の男といわれる別格大先輩がいた。演歌の大御所、村田英雄《ひでお》さんだ。

村田さんが初めてハワイに行った時の有名な逸話が「やはりハワイは凄い！　走っている車がみんな外車だわ！」といったとか。真偽のほどは確かめようもないが。

そして、ハワイのイミグレーションの書類の性別チェックで、英語で「SEX」と書いてある欄に「週三回」と書いたのもこの大先輩らしい。なぜ「らしい」かというと、昔から伝わるスターのエピソードとは、どこまで本当かわからないが「あっ！　あの人なら？」と思わせる、同じような楽しい人物がたくさんいたからだ。それが一般社会常識からかけ離れていたからこそウケたのだろう。

みんな語り継がれた伝説的なものばかりで、いいだしたらきりがないほどある。つまり、芸能界、芸能人は、一般人から「かけ離れた」ある種の神秘的な「目」で、或いは奇異の「目」で見られているのである。

それでも最近の芸能人はごく一般的感覚の常識人が多く、殊更《ことさら》「奇異」には見られなくなってきた。それだから「茶の間」の人気者たちは、常識がなければ、ただの変人に思われるようになった。だから私などは、人気アイドルが公園で素っ裸になろうが驚きもしない。過去にはそんな連中が山ほどいたし、見てもきている。一般的には自分たちにはできないことをやってのけるからこそ、人気者、スターなのだといわれてきた世界である。もちろん読者の方には反論もあるだろうが。

話がどんどんそれていくようだが、もう少々おつき合い願いたい。

公園の裸だけではなく、何か普通とちょっと違っている人間には、普通といわれる人間に比べると、エネルギーというか、パワーというか、オーラというか、「何か」があるよう見えてくるから不思議なのだ。

例えば、先日、立川談志《たてかわだんし》師匠のテレビ番組に、俳優の小沢昭一《おざわしょういち》先輩が出演しているのを拝見したが、その中で、今年八十歳の小沢昭一氏に対して、談志師匠が「健康の秘訣は？」と聞いたら、小沢先輩はハッキリと「タバコですな！　私にとっては……！　健康のためにとタバコをやめた連中がドンドン先にあの世に行ったんだよ！」

このご時世になかなかいえるセリフではない。国が躍起になって禁煙運動を推奨し、そのウラで税金を取っているというのが常識になっている時代での発言である。禁煙運動を推奨する傍らで、しっかりタバコ税を稼《かせ》ぐこの国の矛盾も何ともいい難いが、それを「さらっ」といってのけるあたりは、さすがに小沢昭一先輩で、これが真の芸人魂であると感銘した。

ある意味、反社会的なんだけれど、世の中にあまりに迎合し過ぎないことがよいのかもしれないな、などと思う今日この頃である。

見方を変えれば「元気」というのは、反骨精神というか、ある種の自分勝手というか、自分本位のところがあってなれるのかもしれない。

だいぶ前のことだが、我々の仲間が弟子《でし》たちと、ある写真週刊誌を発行する会社を襲撃した事件があったが、あれで人気が下がるどころか、今や世界の映画監督として活躍している。その弟子が九州の某県の知事にまでなっているのだから驚きだ。しかも、最近になってフランス政府から、黒澤明《あきら》監督、大江健三郎先生に次いで日本人三人目となる最高位の勲章を授与された。彼の才能の計り知れない大きさに驚くと共に、日本人として嬉しいことだ。

時代が変わると、何か予想もつかない出来事が次々と起きてたまらなく面白いから不思議なのだ。やっぱり人間長生きしないと損ですよ。

ところが、私は元気そうではあるが、実際には見かけによらず結構病弱なところがある。幼少の頃大病にかかり、高校卒業時も入院していたので、大学の入学式も病欠していた。芸能界に入ってからだけでも二～三回は入院しているし、昭和53年の12月から昭和54年3月まで大病を患《わずら》い入院していた。

数々の入院生活で一番感じたことは「生と死」である。夜半に隣の病室から聞こえてくる苦痛のうめきや、泣き声を聞きながら、ある種の「儚《はかな》さ」をイヤというほど味わった。「人の世はあっけない」という人生観も私の中の一つとなっている。

昨日ロビーで話したり、トイレで会って軽く挨拶した人たちが、バタバタと旅立っていく光景に何回となく遭遇した。「こりゃあ楽しく生きなきゃ損だわ！」と思い始めたのも大学生の、この頃である。「健康第一」という言葉を何となく考えていた時代から、絶対これが一番と思うようになったのは、遅まきながら四十代過ぎてからである。

まだ若かった頃の病弱のわたしは、芸能界に入った当初、深夜ラジオの生放送では、いつも入院している人たちをどこかで意識というか、頭に描いて放送していた。入院している人たちは、夜はなかなか眠れないので、内緒でラジオを聴いているのを自分の体験で知っていたから。

今でも病院にお世話になることが多いが、高校から大学進学の際の寂しさを思い出し、自分を奮い立たせている。あの頃のことを思って、「何のこれしき！」と心の中で叫びながら。

とはいえ、わたしも現実には、年齢や肉体的にも弱気になることも、つらくなることもあって、そこからしばしば逃れることができないでいる。

人間は情けないことに、自分だけが不幸を背負っていると思い込むものらしく、自分より遥かに逆境にいる人たちを目の当たりにすると「はっ！」と我に返り、また「何のこれしき！」を繰り返す。世の中には、まだまだ私よりつらく悲しい人たちがたくさんいることを肝《きも》に命じていこうと思う。

世の中の片隅で苦しんでいる多くの方々！　顔晴《がんば》っていこうぜ！　とエールを送りたい。この芸能界にあって、「リストラ・タレント第一号」ではないかと被害妄想に陥《おちい》りそうな時もないではないが、今ではそれも乗り越えた。

今や、日本中の生態系が、外来種の動植物により破壊されつつある現実は、芸能界とて何ら変わらないのだ。怪しげな日本語を操《あやつ》る外国人タレントが何と増えたことか。わたし流にいえば「芸能界の生態系破壊」だと……（苦笑）。

もう一つ見逃せないのが、韓流ドラマの人気で、日本のドラマが衰退の一途を辿《たど》っていることだ。作るより買う方が安い！　安易である。それで、日本のドラマ作りが減少し、ほんの一部を除いて、仕事を失っていく青春スターが気の毒になるし、文化の滅亡につながる。

文化の担い手としてテレビ界、映画界がドラマ作りの使命を果してもらいたい。わたしたちお笑い系と違って、主役を張ったスターは過去の栄光からの脱却は難しいのだ。

仕事場を失い、夢破れて自死の道を選んだ中年の元青春スターも多い。だから、だから、だから、「せんだみつおは生き返る！　必ず俺の時代が来るぞ！」と、妄想といわれようが、かたくなに信じて挑《いど》む。

何が一体こんな気持ちにさせてくれるのか？　前述の通り、度々の入院生活が、生きるエネルギーをわたしにくれたからだと思っている。身体さえ元気ならば明日に希望をつなぐのも人間の本能と思うから。アントニオ猪木《いのき》さんが「元気があれば何でもできる～」と。私も叫ぶぞ～「元気はあるけど現金がな～～い？」。ちょっと脱線してしまったが。

戦後六十五年経って、世界第二位の経済国家と「うつつを抜かしている間」に、とうとうバブルの崩壊と共に沈んでしまった日本。今や中国に抜かれ、間もなくインドに抜かれ、ブラジルに抜かれ（?）、二十年後は三十位くらいまで落ち込んでいるんだそうな。何を基準にするかは別として、人口比を思えば、中国の人口が日本の十倍以上で未だ比較にはならないけれど。

「政治家さん、自分のことばかり考えないで何とかせ～～い！」といいたくもなる。

ある時、自分のことが好きになれないという人に出会ったことがある。わたしなんか、アイ・ラブ・ミーの典型のようなもので、こよなく自分を愛している。自分のことを愛せない人に他人が愛せるかという、自分なりの哲学みたいなものがある。自分勝手といわれても今更変えることもままならない。

人は「生《お》い立ち」がものをいうのだという人の意見も聞いたこともある。確かに一理あるかもしれないから全面否定はできないけれど、人間の資質なんてものは「生い立ち」だけで決まるわけではないと思う。教育とか宗教とかで、よくも悪くも変わっていくのではないだろうか。

人間なんて杓子定規《しゃくしじょうぎ》に決めつけられるわけもない。研究者が、一つのことに没頭して導き出す技術や新商品の開発もあれば、ちょっとしたきっかけで行き当たるヒット商品だってある。だから、ちょっとロマンチックないい方だが、森羅万象全てを慈《いつく》しみながら接する心を持てるかどうかも重要ではないのか。偉そうなことを書いているが、私「せんだみつお」は自然派人間である以外には、その実態は程遠い。

かれこれ二十五年も前、監修人のヒルマさんの会社の乗用車の屋根に、マンションの十二階から飛び降り自殺を図った少年がいた。何かがクッションの役目をして、ホップ・ステップ・ジャンプみたいに転落して一命を取りとめたそうだ。

それにしても十二階では、普通ならひとたまりもないところ。車は使い物にはならなくなったが、一人の命を救ったと思えばと、少年にも、保護者にも、何の連絡もせずにことは終わったとヒルマさんに聞いた。

ヒルマさんは、その後、その少年が回復してから一度だけ会ったことがあるそうだ。暗い、覇気のない、全ての希望と若者の勢いを捨て去った老人のようだったと聞く。夕刻のことで、食事をするお金もないというので、近くのファーストフード店で何がしかの食べ物と飲み物を買うように勧め、お金を渡して別れたそうだが「あの少年はどうしただろう?」と、ヒルマさんは時々思い出すという。

『別れ際に「神様は人間にはたった一つの命しかくれないよ! 大事に生きなさい! 困った人を助けてあげられる人になってください!」、そして、「でも、君は神様に二つも命を頂いた! 一つ目はもしかしたら使っちゃったのかもしれないけれど、二つ目の命は無駄に使わないで生きるんだよ」なんて、今思えば、わかったような、わかんないような話をしちゃったよ』といっておられた。

わたし「せんだみつお」はその話を聞いた時に、なぜか、心の病んでいる人が多い昨今、自分が自分を放棄したら誰が救ってくれるの? と思った。国も、社会も、誰も救っちゃくれないでしょう。自分で自分を守るしか手はないのです。

昔は「捨てる神あれば拾う神あり!」なんて悠長なことをいってた時代もありましたが、

今は、わたし「せんだみつお」流のギャグ的にいえば、「捨てる神あれば、知らんぷりする神あり」なんです。イヤな時代になったもんだと嘆《なげ》いてみても、他人のせいにしてみても、解決の道は自分が強くなる以外にないのです。

この本に「惚れたはれた！」は似合わないけれど、実は、恋愛がこじれて自殺したり、殺人事件を起こしたりが最近非常に多い。これは嘆かわしいことで、自殺も、殺人も、人間が行きつめた究極の自分放棄であると思う。この国にいる限り、特に日本人は、捨て鉢にならない限りは「貧乏で死ぬこと」はないはずだ。

ところが、九州のある都市や、その他の地方都市で、生活困窮者が生活保護を申請して断られ、飢え死にした例が出た。世界で第二位の経済大国といいながら、内容は実にお粗末なものらしい。（もっとも、この世界第二位の経済大国という誇りは間もなく中国に追い越され、日本凋落の一途を辿るそうだと前述した）

ところで、この生活保護の在り方にも大きな問題点、いや、欠点があるようだ。地方の一役人の判断で、しかも「原則生活保護は受けつけない」という暗黙の内規なるものが役所に存在し、生活に保護を必要とする弱者を平気で切り捨てるという。本来はあってはならない。

担当者に、あたかも「自分が救ってやっている」という錯覚というか、気持ちの上でのおごりがあるせいではないだろうか。健康な最低限の生活を憲法で保障している我が国の、現実とのギャップに驚く。これが平和日本の現実の姿かと思うと情けないのを通り越して怒りを感じる。

しかし、そこに至るまでには、役所のせいにばかりはできない、個人の自分放棄に起因していると思われる部分があることも否定はできないと思う。あきらめて「八方ふさがり」は人間を最も孤独にするからだ。わたし「せんだみつお」は思う。どんな境遇に立たされようと、まず自分の存在と意見の主張に蓋《ふた》をしていては負けだと。

わたしは過去、多くの政治家さんに頼まれて衆議院議員、参議院議員、地方都市の県議会議員、市議会議員などの選挙応援をやってきた。しかし、今、テレビで毎週のようにレギュラー出演し、いいたい放題の議員さんの中には、十日間も選挙区に寝泊まりして選挙カーで喉《のど》がカラカラになるまで声の限りに応援しても、当選してしまえば、テレビ局の廊下ですれ違っても「ふん！　きみ誰？」みたいな顔をしている人もいる。

こんな議員がいる限り日本はよくはならない。いずれ、この人たちのありのままの姿を皆さんに暴露する日が来るかもしれない？　いやいや、わたし「せんだみつお」は、実は人の悪口は大嫌いだから、一生自分の腹の中に納めたまま、自分の人生が終焉《しゅうえん》なんてことになる確率の方が高いかもしれない。

通り一遍の言葉だが、あきらめないで、自分を捨てないで、死ぬより生きることの方が難しいけれど、生きていればきっとどこかで、何かで役に立つことがあると声を大にしていいたいのです。縁あってこの世に生を受けたんだから、命が尽きるまで、あきらめないで、自分放棄をしないで生き抜こうよ。天命なんだからさ。

親はね！　あなたが生まれた時、すごく嬉しかったと思うし、幸せに長生きして欲しいと願ったと思うから。自分が親になってみてつくづく分かったことだけれど。

◇

人間って変だね！　ん？　日本人って変だね？　かな？　偉い人ほどずるいね！

わたし「せんだみつお」が、この人は本当に偉い人と思ったのは、中曽根《なかそね》元総理大臣の時に行政改革を断行した人、土光《どこう》敏夫さんただ一人。あの方は立派だったと思う。もちろん、わたし「せんだみつお」が知らないだけで、他にも多くの偉人と呼ばれる人はいるにはいたとは思うけれど。

その土光敏夫さんは、経団連の会長を務め、東芝・石川島播磨《はりま》重工業（当時）の経営再建を成功させた。

あの方の朝食風景をテレビで放送したことがあった。奥様が毎朝作る「おかゆとみそ汁、イワシ（メザシ？）の干物三匹、少々の野菜と果物《くだもの》が朝食のメニューだった。

今の政治家や企業人に見習って欲しいと思いませんか？　何をやってるんだか「高級料亭に入り浸って贅沢三昧《ぜいたくざんまい》」、あれがさ、政治資金助成法とかいう法律で、国民一人当たり二百五十円の税金で負担してるんだと思うとイヤになるね。下々は、生活苦にあえいで、働きたくても働く場所がないんだぜ。派遣切りにあって、住居まで追い出され、悲惨そのものだというのに。

でも、いいますまい、彼らを選挙で選んできたのは国民の我々なんだからさ。もう、絶対に騙《だま》されませんぞ！　国民は。あきらめちゃだめですよ、自分を。「実るほど頭《こうべ》を垂《た》れる稲穂かな」ってね。

本当に偉い人は土光さんしか思い当たらない。まっ、知識不足もあるだろうけれど。

④

遠慮するな！　日本人

わたし「せんだみつお」は昭和22年生まれで、しかも、樺太の生まれのため、昭和20年8月15日の終戦の日以降、日本人は何を考え、どのようにして生きて、今日の繁栄を築いたのか、親の話や書物の知識以外ないので知りたいと思っている。満二歳で樺太から引き揚げて来たため、幼くて、当時のことは全く記憶の片隅にも残っていない。北方四島と違って条約で放棄した「故郷樺太」が再び日本に戻ることもない。

今日の様な繁栄と疲弊社会が、なぜ出来上がってしまったのか。繁栄を支えたのが国民の勤勉なら、今の疲弊の原因は何か。今の日本人も勤勉に変わりはないので、単に「平和ボケ」だけでは説明にならない。行き場がない不満や、今の世相を解く鍵がそこにあるのかもしれない。もしも仮に「そこに今の世相を解く鍵」があれば、原点にもう一度戻ってやり直しが利《き》くと信じたいのだ。ただ、今の世の中は「豊かな感性や情緒」がなく音がないドラマのように虚《むな》しい。

「音」に例えて世相を考えると、心をゆする哀《かな》しい曲・決断の曲・喜びの曲などいわゆる名曲が何もない。ただ、表面的なメロディや、流行歌が、耳をかすめていくだけで、心に届く「音」になっていない。特に日本人の場合、欧米人や、朝鮮半島の人たちに比べると、文化なのか、美徳なのか、行儀なのか、分からないが、喜怒哀楽を顔に出さず、感情表現が少ない。それが日本人特有の「奥ゆかしさ」と思われているようだ。

嬉しければ笑い、悲しければ泣き、悔しければ怒る、当り前の感情をもっと表に出すべきではないだろうか。我慢こそ日本人の「美徳」みたいな、感情を決して表に出さない教育を受けたせいだろう。それが「つつましさ（?）」を形成する日本人文化になったのかもしれない。

日本人は世間の目を大いに気にするから、恥ずかしい、みっともない、照れくさい等、色々な理由で、戦後六十五年あまり経った現在、これだけ欧米文化に侵食されていても変わっていない。ごく普通の例として、電車の中で老人や妊婦さん、身体の不自由な人に席をゆずる時にも、まず頭の中で「断られたら？　周りに人が大勢いるから恥ずかしい……」となる。ちょっとした親切ですらためらってしまう。

わたし「せんだみつお」は赤ちゃんを抱っこしたお母さんに席をゆずるのが大好きだ。

これは習慣で、「どうぞ！」、「いえ！　次で降りますから！」といわれても「まぁ、せっかくですから一駅でも」と半強制的に席に座らせる。特にこんな商売をしているだけに、「あっ！　せんだみつおよ！」或いは、当事者のお母さんから「せんださん？　ですよね？」といわれても何も気にならない。売名行為といわれようが一向に気にしない。ただ、只管《ひたすら》に他の人に親切にしたいだけである。

おそらく、この習慣は父母からの影響ではないかと思う。わたしの母は、夕方、にわか雨が降り、自宅前を走りぬける人に、追いかけて行って傘を渡していたのをよく憶えている。あの時代の母親は、こういうタイプが多かったと思う。こんな母に育てられたら、誰でもお人好《ひとよ》しの上に、「馬と鹿の字」がつく人間性になる。

悲しいのは、現在は、このような底抜けのお人好しがいなくなったことだ。つらい時、悲しい時は、誰かにすがりたい気持ちになるのは当然だが、助けてくれるのではなく、話を聞いてくれる人が近くにいてくれるだけで有難いことだと思う。「おせっかい野郎・おせっかいオヤジ」でもいい、必要な人なんだから。心を打ち明けられる友達がいれば「苦」も「辛」も「寂」もガス抜きできるから。

◇

年配の人の話を聞くと、昔は、例え今日食う米がなくても、ちょっと隣から借りてきて、とりあえず飯は食う。米ばかりではなく、味噌も醤油も、副食品全てにそんな貸し借りがあって飢えることはなかったと聞く。

もらいものがあれば「おすそ分け」といって分かち合って食べたりとか、そこに、温もりというか、助け合う庶民文化があった。だから、貧しさは敵ではなく、お互いを認め合う、融通し合う、困った時にはお互い様という助け合いの生活文化というか、生活信条が存在していたという。

今では、とてもそんな「みっともないことはできない！」になる。遠慮は確かに、人のエリアを冒《おか》さないという面では、決して悪いとは断定し難い。しかし、これも度が過ぎれば、人間同士の、ご近所同士の「よしみ」を失いかねず、協力し合う心の触れ合いをも破壊してしまうことになる。

人が窮地に陥り、自ら死を選ぶ前に、誰かに相談できたら、イヤ、相談できずとも、心の憂《う》さを晴らす意味で、語り合える仲間や友がいたら、決して死に急ぐことはないように思うがいかがだろうか。人間は、しょせんは群れで生活しなければ生きられない動物なんだから。

⑤

自分をイジメてどうする

「衣食足りて礼節を知る」という言葉がある。人間満ち足りていれば周囲に目を配ることも、他人を思いやる心も、言葉も出てくる。

では、衣食が足りなかったらどうなる？　これは悲惨というものだ。当然、自分勝手になるし、生活防衛になりふり構わなくなる。自暴自棄になり、平気で人を傷つけるし、おとしいれることもあるかもしれない。ここ十数年の犯罪の経緯と犯罪の質を見ればそれが分かるというものだ。それを救う手立てはどこにあるのだろう。

もう「戦後」という言葉さえ死語に近い今の日本で、この国は繁栄と衰退を、今まさに体験している。させられていると思う。

この日本ほど物資が、食糧が無駄に消費され、捨てられていく国はないという。食料自給率が40%~41%といわれる日本が、輸入している食品60%のうち50%、つまり全体の約30%が生ごみとなって、翌朝ごみ回収車を待っているということは恐ろしいことだ。こんなことをしていると今に天罰が下るぞ！

昭和22年、終戦二年後に生まれたわたしは、ちょうど物のない、食糧が乏しい時代に幼少期を迎えた。両親のおかげで、わたし自身はそれほどの食糧難は記憶にないが、正に戦後の混乱期でもあったので、決して贅沢がいえる環境ではなかった。

子供の頃を思い出してみて、だからといって不幸だったかと聞かれればノーである。国の復興のためになんて、大上段に構えなくても、とにかく、衣食住を求めて働く生き甲斐があったからだと思う。人間は目的を持って働けば意欲と活力が湧くものだ。

今現在は、その「目的と意欲と活力」が欠落して、間違った自由を無責任にむさぼっているのかもしれない。それが「心の荒廃」につながっているとしたら、そうした風潮を作りだすメディアにその責任一端と、政治の貧困が起因していて、人を取り囲む環境や社会構造に欠陥が生まれているといえる。

だからといって、「メディアと政治のせいだ、社会が悪い」と押しつけていいとも思わない。世界第二位の経済大国という妄想と自惚《うぬぼ》れに気づかず、バブルに浮かれ続けていた国民も猛省すべきだ。

あの頃、「一億総不動産屋」という言葉が巷《ちまた》で囁《ささや》かれていた。一軒の小さな建売住宅が、たった一年で五割も六割も値上がりしたからだ。

そしてバブルは崩壊した。もともとバブルだから弾け飛ぶのは当たり前なのに。そうして日本は本当の貧乏時代へ突入していった。

わたし「せんだみつお」がいうのも可笑《おか》しいが、落ち始めたら止めようがない速さで転がり落ちていく、芸人の人気と同じだ。生活苦、就職難、フリーター、派遣切り、ホームレス。前にも書いたが、これでは夢も希望もへったくれもない。自然に心は荒れ果て「行き場がない」、「やりきれない」とぶっ壊れていく自分を抑えられるわけはない。それが先進国で唯一の「十二年連続自殺者三万人超え」という、嬉しくない記録となっている。

無差別殺人、乳幼児虐待事件、中には、子供に生命保険までかけて海に沈めた母親まで現れた。悲しいのを通り越して怒り心頭だ。こんな国になってしまえば健全な若者が育つわけもない。

その一方で放送界、マスコミ界は、相も変わらず、表向き華やかさを売りにして、ますます「人心」を惑わしている。全ての責任転嫁はできないが、メディアが持つ「人の心を動かす作用」の影響は大き過ぎるほどある。

昔の人は「若い時の苦労は買うてもせよ！」といっていたそうだ。若い時の苦労は、自分を強くするから将来役に立つ、貴重な経験になるから、自分から進んで、買って出てもした方がよい、という意味だろうが、果たして、今の若者にそんなことをいったらどうだろう？うとまれて、さげすまれて、バカバカしくって「冷〜ッ」とした目で見られて、「うぜぇ！」の一言で終わりだろう。

わたし「せんだみつお」も一種似たような感覚がなくもない。至言だと肯定する傍らで、「そうだよな！　誰だって苦労なんかしたくないよな！　しないで済むものならしない方がいいさ！」である。極論すれば、「買ってまで苦労をするバカがどこにいる？」に通じる。時代がドンドン昔に戻っていくものなら、先人の、先輩の意見を全て丸呑みにして参考にして生きていけば間違いはないわけだから。

しかし、今、少なくとも生きている我々は、まして、次の時代を背負う若者は、前人未到の近未来に向かって生き、進んでいくのだ。わたし「せんだみつお」は決していわない「今の若い者は……」とは。監修人のヒルマさんがいつもいわれる「若者を信じない、彼らの英知を信じない大人に未来を語る資格はない」とわたしも思うから。

平成21年〜平成22年は百年に一回といわれる大不況だったそうだ。

この百年に一回という表現が当たっているか否かは別として、世界の指導者の中でそういったのは「我が国の麻生《あそう》元総理」だけで、それが伝染してしまったらしい。「へぇ〜そうなの？」。わたし「せんだみつお」なんか数十年も大不況なんで、今更、声高に大騒ぎはしないけれど。

ただ、元凶であるアメリカより、我が日本の方がえらい目に遭《あ》っているという。バブル崩壊から約二十年を経た今、十二年間連続で三万人を超す自殺者を出している国は、恥ずかしながら、先進国では我が日本だけなのだ。ロシアも、アメリカも多いと聞くが実態はどんな数字なんだろうか。いずれにしても、十二年間で四十万あまりの人という数字は穏やかではなく、島根県の人口の約50％に匹敵するらしい。

先日、千葉県の老人ホームへ慰問に行ったが、戦後日本の復興と成長を支え続け働き続けて、ホームに入所しているこれら多くの年老いた方々が「何のために働いてきたのか？　なぜこんなに苦しい生活になったのか理解できない」と嘆いておられた。

行方不明の年金、数百万件に及ぶと推定されている未払いの郵便局の簡保《かんぽ》保険料、後期高齢者医療保険（今更取り繕って長寿医療保険なんて）、障害者自立支援法の名で切り捨てられた老人や障害者など最も弱い人たち、母子家庭の補助金打ち切り、どれを取っても明るい材料も話題も見つからないし、圧政に聞こえる。

政権交代があって、父子家庭共々、補助金が復活するらしいがいいことだ。が、一方で、政権交代はしたけれど、果たして国民は、その恩恵にあずかれるのだろうか。四年間の衆議院任期までに民主党は「マニフェスト」とやらを、どこまで約束に近づけるのか見守りたい。

今は格差社会どころか、国民が国を信じない、まさに国家存亡の危機すら感じる。

ここへきて急に、定額給付金とか子供支援とかエコカーの買い替えに補助金とか、電気製品のエコポイントなど、選挙目当ての「ばら撒《ま》き！」といわれても反論できないような、一時凌《しの》ぎ的「お恵み」を国民に与えて選挙を勝とうという姑息な方法に頼らず、是は是、非は非として堂々と政策を掲げて実行して欲しいものだ。

「定額給付金」で見るように、ばら撒いたとて「お金はもらうけど投票はしないよ！」という選挙結果がハッキリ出た。金さえばら撒けば選挙に勝てる？　国民を馬鹿にし過ぎた報《むく》いかもしれない。

理由は多々あるだろうが、やはり究極は、今までの政権政党の失政なんだろうな。そうはいっても、今までは、国民にも選んだ責任がある。「俺は選んでない！」という人もいるし、選んだ人はそう思いながらも納得さえもできないでいるはずだ。

テレビ・マスコミ・週刊誌などの情報だけに目がいき、自らが考えることをやめた国民が、真剣に政治と向き合わなければならない問題を後回しにして、チャンチャラ、チャンチャラと踊らされている気がしているのはわたしだけではない。別に国家論を書くつもりはないし、情報源にクレームをつける理由はないが、62歳を超えた今、結局はそこに辿《たど》り着く。私の恩人である京都・宇治・龍神総宮社の辻本公俊《つじもとよしとし》先生が、「昔は貧乏だったが幸福だったなぁ〜」と時折呟《つぶや》くようにおっしゃる。さて、この意味は？　と考えてみると、おそらく家族という「まとまり」というか、絆《きずな》が固かったからではないかと思う。

全てとはいわないまでも、戦後の国土荒廃からの復興を目指し、国民共通の意識と、そして何よりも「生きるための一生懸命さがあった時代」のことを指していると解釈しているが間違いだろうか。

当然ながら「マネーゲーム」も、「殺すのは誰でもよかった」的な、理不尽な殺人事件もなく、前向きで、そして国民の心に優しさがあった時代だったんだろう。どんぶり一杯のご飯を独り占《じ》めするのではなく、雑炊にして皆で分かち合うといったような心の豊かさみたいな。

こんなことを書くと真偽は知らぬが『一杯のかけそば』（栗良平著・角川書店）を思い出す。

一体いつから「どんな方法でも、お金をたくさん稼ぐ人が成功者」と思われるようになったのだろうか？　超高級ブランド品に身を包み、持ち歩くことがステータスになったのか？

これだけでも「摩訶《まか》不思議」なことだ。それで人間の価値判断などできるはずもないのに。もっとも「せんだみつおは高級ブランド品やお金はどうせ持っていないだろう」といわれるだろうがね。実際、持ってはいないけど。

日本人は変な所に「くそまじめさ」を発揮して、ドンドンと殻《から》に閉じこもっていくところがあり、自分を追い詰めてしまう。いうことがあれば遠慮なくいえるに越したことはないし、いわなくてはいけない。

かようなことを書きながら、自分に置き換えてみると、業界では、随分我慢したもんだとつくづく思う。芸能界という世界にいると、表面では先輩・後輩のけじめがあるように思われるけれど、「実は売れたら勝ち」の弱肉強食の世界なのだ。いくら先輩面《づら》しても、後輩が座長の公演なら、毎日楽屋へ挨拶に出向き、後輩が主演ならその人のスケジュールに合わせて仕事をしなければならない。

と、まぁこんな感じ。

◇

今まで随分後輩が追い越して行ったなぁ～と思う。人呼んで「跳び箱タレント」。ん??自分でいったんだけど。

わたし「せんだみつお」のメインの番組から、後輩がどんどんメジャーになって、冠《かんむり》番組（＝つまり芸能人の名前が頭につく）を持つように育っていった。今、テレビを見ていても、お笑い系では、「何がしかの」つながりがある人が多い。

「せんださん！　悔しくないの？」ファンはありがたいが、半面ではギクッ！　とくるほど辛辣《しんらつ》な言葉が飛んでくる。

お笑い系でも、大衆演芸でも、マジシャンでも、地方へ行くと大歓迎を受ける。わたし「せんだみつお」も大いに助かっている。そこそこの名前があればだが。

そういう意味では、ＮＨＫは全国津々浦々まで電波が届くのでありがたい。朝の番組『だんだん』でもディスク・ジョッキーの役をもらって出演したが、「朝のテレビで見ましたよ！」という、励ましというか応援の言葉をもらう。

ファンはありがたいものだが、なかには「まだテレビに出てるんですね？」って。わたし「せんだみつお」、余程のことがない限りお仕事を断ったことはないんですよ。

ただ、わたしにも、多少は？　ほんの少しは？　意地ってものがありまして、お断りしたことはあります。それは、何でもかんでも我慢して笑いを振りまいていたら、最後は自分が惨《みじ》めになっちゃうでしょう？　理由は簡単明瞭なんですがね。

「自分をイジメて」済んでいるうちはいいけど、私にだって愛する家族ってものがあって、父として、家長として守らなければならないものがありますのでね！　時には意地を通す気構えは失いたくはないですから。

⑥

幼少期からあっけらかん

有名人とは？　という討議を芸能人仲間でしたことがある。楽屋内でのことで、それぞれが「我こそは！」と思っている連中ばかりだった。巷での一般的定義は、名前を聞いて顔が浮かぶ、または、反対に顔を見て名前が出る、の二つだという。わたし「せんだみつお」流でいえば、声を聞いて名前と顔が浮かぶってのがベストで、名前を聞けば代表作が浮かぶというのも入ると思う。

昔（といっても石器時代ではありませんぞ！）、わたし「せんだみつお」にも、たくさんCMの依頼があり、今までにやらせてもらった会社は、数十社は下らないと思う。その中には「声だけ」というものも数社あった。

さて、今「せんだみつお」といわれて、すぐにわたしの顔が浮かぶ人は一体どのくらいの数いるのだろうか？　ちょっと気になるところだ。

十数年ほど前、世にいう「せんだみつおゲーム」とやらが大流行したおかげで、若い世代にも随分と名前と顔を覚えてもらった。若いサラリーマンから始まり、おば様族、大学生の合コン、高校生、中学生と低年齢化していき、最後は小学生にまで流行したそうだが、もとはといえば、セイン・カミュさんが出演した、消費者金融のＣＭから火がついたものだった。

世代が若ければ若いほど、芸能人にとってはありがたい。小学生なら大人になるまでず～っと「せんだみつお」を忘れないわけだから。

しかし、芸能界は一説に「一年ひと昔」というくらい出入りの激しい世界だけに、恐ろしくもあるわけだ。前のところでも書いたけれど、NHKの朝ドラ『だんだん』に出演させてもらった時に、地方営業で「せんださん、まだテレビに出てるんですねぇ～」だってさ！　こんな「せんだみつお」でも、今なお、日本の津々浦々まで、名前と顔を忘れずにいてくれるファンがいるとはありがたいものだとつくづく感謝している。

そもそも、私が「せんだみつお」として世に出たのはラジオからだが、それ以前は、昭和40年代から火がついたフォークソングブームの司会だった。「白いブランコ」の大ヒットでお馴染みの、フォークデュオ・ビリーバンバンのつき人兼コンガ奏者で元メンバーだったが、特に唄が上手いわけでもなく、何か芸能界に入りたくて、只管《ひたすら》その入口あたりをチョロチョロしていたのである。

駒澤大学中退後は、服部《はっとり》学園へ調理師になるため一年間通ったりもしていた。その時のご縁で、服部先生には今でもお世話になっている。

それでも芸能界への憧《あこが》れは尽きることなく続き、夜はフォークソングのコンサートの司会や前説などで生活していた。両親が健在だったので、衣食住に困ったこともなく、幼少期から思春期を経て青年期の入口まで、活発で、いわゆるオッチョコチョイ小僧であった。

母親から「そんなバカなことばかりしていると将来は芸能界でしか生きていけなくなるわよ?」とよくいわれたが、その通りになった。親、特に母親の勘は鋭《するど》い。全て見通していた。

そもそも芸能界入りのきっかけは、小学校三年生くらいの頃、知り合いのお兄さんと新宿へ行った時、児童劇団のスカウトマンに声をかけられたことにはじまる。まぁ~少しぐらい可愛く見えたんだろう。お兄さんがその人から名刺をもらい、家に帰り母にそのことを伝えたところ、母は翌日さっそくスカウトマンに電話をした。

その劇団「杉の子」は今も存在する。我々団塊世代は人数が多かったので、競争も激しいのは何かにつけて当然で、その分劇団も人数が多く、とりわけ児童劇団も多かったと思う。学校が終わると劇団のケイコに通い、初対面の子供たちと芝居の真似ごとのようなことをしていた記憶がある。

ひょんなことから劇団「民芸」の子役のオーディションに合格。ノルウェーの近代演劇の父といわれる、ヘンリック・イプセンの名作『人形の家』の主人公「ノラ」の長男役が芸能界最初の活動だった。多分、昭和33年～昭和34年頃だったと思う。

主役の「ノラ」は、戦中・戦後の大女優、轟《とどろき》由起子さんであった。子供心に、「芸能界しか生きていけない」といっていたはずの母が興奮していたのを今でも鮮明に憶えている。東京と名古屋で公演したこともはっきりと記憶のフォルダに保管してある。

その後、児童劇団をやめ、普通の子供に戻ったが、時折、婦人雑誌の子供服のモデルのようなこともやっていた。いまだに写真が残っていて懐かしい。母親にとっては当時、非常に自慢の息子でもあったらしい。

と、まぁこの辺で「せんだみつお」以前の自己紹介は終わり、話を現在に戻す。

今年六十三歳になるわたし「せんだみつお」としては、その児童劇団から数えれば芸能生活が約五十二年あまりにもなる。「せんだみつお」になって今年四十二年ということになる。

「えぇ～っ？」と驚くばかりであるが、ふり返ってみれば「わたしは一体何をしてきたのかな？」と考えるこの頃である。昭和47年～昭和48年頃より顔と名前が出て、多くの皆さんに知られるようになったが、果たして「せんだみつお」は何をしてきたのだろうと考えると「不思議」の一言で片づいてしまう。

全くもって芸能界とは「何とも不思議な世界」なのだ。

この本の出版の頃はもう古いニュースになっているだろうが、一番記憶に新しい芸能ニュースは藤原紀香《のりか》さんの離婚である。

芸能ネタになってしまうのはさぞ不愉快だと思うし、また書く側の意見も色々あろうが、三十七歳と三十五歳の離婚騒動に対して、妻の母親と、夫の父親のコメントが取り上げられることと自体不可思議であり、それを取り上げて、まことしやかに書き立てる週刊誌の芸能ニュースも稚拙というものだ。原因はなんであれ、お互いに愛し合って結婚したわけで、離婚の際だけ親がコメントするのは理解に苦しむところだ。しかも、藤原紀香さん本人は仕事で海外に出かけて留守のあいだに。こういうことは、一言でいえば「子供じゃないんだから当人同士で解決すること」。

この国の芸能界のレベルはこの程度のものであろう。だから、わたし「せんだみつお」ごときでも、なんとか生きてこられたのだと思う。

わたし「せんだみつお」の芸が行き当たりばったりとか、〝ナハナハ！〟だけのワンパターンとか、色々いう人もいるけれど、どうも子供の時からの、何ごとにもいい加減なあっけらかんが災《わざわ》いをしているのかもしれない。とはいいつつも、実はわたし「せんだみつお」は至極真面目にやってるつもりなんです。

一方で、世界的なニュース、特に日本にとっての重大事は北朝鮮のミサイル問題でしょう。もし仮に、北朝鮮が日本の原子力発電所にミサイルを撃ち込んできたらどうなる？　想像するだけでも想像を絶する恐怖だが、多種多様な人間がいるように国家もまた様々だ。「人権が全く無視された国民総抑圧国家」もまだまだ存在する。そんな国に生まれた国民は最大の悲劇であり、可哀想《かわいそう》で言葉にもならない。

「一体いつになれば紛争や戦争がない平和な時代が来るのか？」これは私が青年期から常に思い、六十二歳を超えた今も全く変わらない。こんなに小さい「星」地球なのに。

この地球という星はいつ生まれ、何のために宇宙にあるのか？　この年になっても分からないし、こんなことを考える人間が他にもいるのかな？　と確かめてみたくなる。地球創生期の（?）、または地球物理学的な（?）、難しい理論や理屈は抜きにして。

学生時代、友人と夜を徹して語り合った気持ちを、今でも持ち続けている自分が何よりも愛おしい。なんて不思議にも思いながら「まだまだ青春してるなぁ～」なんて自画自賛しちゃったりして。

端的にいえば、大宇宙の中の一つの本当に小さい天体にすぎない地球の上で、約60億人の人間が、泣き、笑い、只管《ひたすら》生きて右往左往する不思議も感じる。時には「神」の存在なども考えるが、もともと「神」は人間が創り出したのか、「神」が人間を創ったのか、甚《はなは》だ僭越《せんえつ》ながら、不謹慎ながら、私にはニワトリと卵のような気さえする。

ただ、私は子供の頃から「運命」などを考えることが多かった。昼間、燦然《さんぜん》と光り、エネルギーを放ち地球に全ての恩恵をくれる「太陽」も、夜にめでる「月」も、有史以来、何十億という人間が見てきたもので、シーザーも、プラトンも、信長も、秀吉も、家康も、西郷隆盛も、そして一般庶民も、平時であれ、戦乱の世であれ、家で、外で、戦場で、そして、ありとあらゆる場所で、故郷を思い、家族を思い、時には闘争心を燃え上がらせ、時には涙して、心を掻き立てられながら。

何十億年経た現在も、我々は同じ太陽や月を見ている。そう思っただけでも、ワクワクしたり、悲しくなってくる自分は、やはり普通人以上の普通人なんだろう。

こんな思い、同じような考えを持った人がどのくらいいるのかと知りたくなってくる。

この本の監修人のヒルマ氏が「せんださん、神はね！　人を救ってはくれないらしいよ！

見守っているだけさ！　と友達がいってたよ。だからね！　神は自分の心の中に宿し、育てていくものだってさ！　つまりね、僕の場合はね！　神は我が心にありなんだ」といって笑っていました。

自分の居場所がなくなった時、見失った時、疎外感に虚しさを感じた時、一度リセットし直して、何も制約されない「あっけらかんの自分」になってみることをお勧めする。

簡単に「運命」とか「宿命」みたいなことはいいたくないが、長い人の一生も、天文学的には瞬時の出来事で、悩んだって、悔んだって、泣いたって、笑ったって、怒ったって、どうせ刹那《せつな》的なものなんだからと思えば、人を怨《うら》むことも、ねたむことも、うらやむことも、ほんの小さい出来事でしかないんですよね。それなら、いっそ思うように、意のごとく生き抜いてやろうよ。

今、苦しんでいる人が、この本を読んでくれたら、わたし「せんだみつお」はいいたいね！　苦しむも一生、悲しむも一生、「あっけらかん」と生きていこうよ、と。

⑦

「せんだみつお」はなぜ生き残る？

なぜわたし「せんだみつお」はここまで芸能界で生き残ったか？

いや、もうとっくにタレントとしては死んでいるという人もいるが。要するに、自分自身が「生きていると思えば生きている」世界が芸能界でもある。

一般社会で働いている、いわゆるサラリーマンや自営業者の人たちは、どんな仕事をしていても、仕事や人間関係以外で他人からとやかく干渉されることは少ないと思う。会社が大きかろうが、小さかろうが、倒産しようが、当事者以外の世間の人には他人事《ひとごと》でしかないわけだから。ところが、著名人、有名人はそうはいかない。ちょっとばかり名があるだけで全てがネタになってしまう。

身近な例を紹介しますと、もう十年も前ですが、ある知人の紹介で結婚式の司会をしたことがある。

わたしたちは初めてのオファーには気をつけて、依頼者がどういう人で、どういう会社・団体かなど、お受けする前に一応調べる。会場・式場、披露宴会場が一流のホテルの時は、ホテルが仕分けしているので安心の部類に入る。

その司会の仕事は、会場も一流、来賓も一流で、何の心配もなかったのでお受けしたんですが、ところが、後日週刊誌から取材申し込み。無事に披露宴も終わり、数週間も経った頃、突然ある週刊誌に「その筋の人の子供さんの披露宴の司会をせんだみつおがやった」と大々的に報道されてしまった。

わたしにオファーを入れてくれた会社も、芸能界では知られた大手で、その上、あらかじめご列席の来賓の名簿も手に入れ、そうそうたる方ばかりで安心していたらしい。わたし「せんだみつお」としては、何の懸念もなく、喜んでお受けしたわけだが、後日聞くところによると、今はとにかくとして、昔はその筋の人だったらしい。

いったん週刊誌に載ると、ひとたまりもなく、新聞、テレビの取材攻撃、毎日のように紙面や映像で流れるが、自分に何らのやましいことはないからコソコソしなかった。その態度が気に入らないのか、ますます報道は過熱していく。

結局マスコミ各社が独自で取材した結果、来賓者が大物すぎてワイドショー的に記事を扱いづらくなり、いつの間にか「うやむや」になって一件落着となった。本当のことをいえば、司会者の「せんだみつお」よりそちらの方のほうが、余程紙面でも、映像的にもニュース性は高いのですが。

要するに適当に名前があって、叩きやすいところを攻めるのがマスコミの常道ということで、これも一種の弱い者イジメである。結婚・離婚・事故・事件等々、有名になるほどネタにされ、テレビ・週刊誌を賑《にぎ》わすことになる。特に幸福ネタより、不幸ネタがマスコミにとってはオイシイ蜜の味なんです。

先に触れた、あの藤原紀香さんでさえ、結婚ネタより離婚ネタのほうがオイシイ。考えてみれば、我々芸能人は世間の玩具《おもちゃ》のようなもので、仕方がないといえばいえる。飽きてしまえば捨てられる一種の消耗品で、「壊れたら、直してまで使ってもらえる玩具が少なくなった」とつくづく思う。

最近では酒井法子《のりこ》さんの例が顕著だ。

わたし「せんだみつお」的にいわせてもらえば、余計なことだが、彼女の場合は気の毒な面が多すぎる。多少事情も分からなくはないだけに、酒井法子さんに関しては、今はノーコメントとする。

いつかフジテレビの『笑っていいとも！』でタモリさんが「我々は国民の玩具」といったら、後日、小沢昭一さんがいたく感心していました。

芸人は国民のオモチャという表現は、もう三十年も前に森繁先生もいっていた。歌舞伎などの伝統芸と違い、特に、テレビタレント、お笑い系という人種は１００％オモチャと思って間違いない。

もっともテレビや映画に出ている人たちの中には自分はテレビタレントではない「俳優」であると、オモチャになりたくないから少しでも差をつけたがる人もいる。俳優はタレントではなく、一段上の存在意識だろう。なるほど、漫才からテレビタレント、俳優、そして映画監督と移行すると、なんだか偉く感じてくるから不思議である。彼らの映画監督としての力量は群を抜いて、世界の名監督であることはいうまでもないが。

今は、昔と違い、お笑い芸人も、俳優も、歌手も同列に評価されるようになった。お笑い芸人の地位を引き上げたのは、ビートたけし・タモリ両お笑い巨頭のお陰であることはいうまでもない。

そして更に、歌手が歌が上手くても、俳優が芝居が上手くてもトークができないと仕事にならない時代になった。

そもそも「タレント」なる意味は、広辞苑によると「才能・技量」、「才能のある人」と表記してあるが、そのルーツは古代ギリシャの貨幣単位で「金」の重さ、即ち衡量だったらしい。つまり「円・ドル・ユーロ・元」といったものだ。「才能」は「金」になるからかな？

いい換えると「金」にならないと「才能」ではないのかということか。確かに最近では、テレビタレントなる人たちは、かなりのギャラを取り人生を謳歌《おうか》している。多くの「タレント本」が出ているが「ギャラ」に関しての話は一行も見たことない。それだけオイシイ世界なのである。売れていればのことだが。

長い間テレビの仕事がなく、食うや食わずで生きてきたコメディアンが、ある時「ブーム」を作り、アッという間に一世を風靡《ふうび》して、確固たる地位を築き「悠々自適」の生活をする。誰か一人例に挙げろといわれれば、それはかの毒舌漫談家・綾小路《あやのこうじ》きみまろさんであり、ピカイチといえる。

長い苦労の時代を味わい、十年ぐらい前から自作のＣＤが売れ、漫談トークで日本中から引く手あまたの出演依頼があり、たまにテレビに出るが（もちろん出演依頼は多いと思うが）営業が多いため出演不可能であるし、なおかつ、営業の方がテレビの約十倍のギャラが入る。晩年にきてこれほど素晴らしい活躍は、あの「フーテンの寅さん」の渥美清《あつみきよし》さんよりも、その成功度は上である。

二ヵ月～三ヵ月という長期の撮影もなく、一～二時間の漫談トークで多くの中高年のご婦人に喜んでもらい、そして愛される。ＣＭにも出て、全くもって素晴らしいエンターテイナーである。

一休息ですね！　また歩き始めればいいんじゃないでしょうか。

小学生の頃、母親が「みつお！　赤ちゃんはなぜ教えないのにお母さんのオッパイを飲むか知ってる？　それは生きたいという欲なんだよ！」といっていた。

そのころは子供だったので意味は分からなかったけれど、なるほど、食欲、物欲、性欲等は全て生きる「根源」である。ただし使い方を間違えると今の日本になる。戦後、方向を間違えて、見せかけの「成金国家」になってしまい、「金持ち＝偉い人」という錯覚、誤解に発展してしまった。これらは、幼少期からの人間同士の交流訓練ができなくなったからかもしれない。

「晴耕雨読」という、本来の質素で素朴な人間の営みを取り戻さないと、生き残りが難しい時代になった。晴れた日は畑を耕《たがや》し、雨の日は読書に、自然の時の移ろいを思う。一膳の「粥《かゆ》」に喜びを感じ、今日の「生」に感謝の気持ちを持つ。

なんだか、わたし「せんだみつお」が仙人になっちゃったみたいでしょう？　人間としての行きつく最高の極地がそこにあると想像しているんです。

ただ誠に残念だが、わたし「せんだみつお」は、まだまだ生々しい娑婆《しゃば》世界で生きて、お金を求めて、昨日は沖縄、今日は神戸、明日は北海道と、日帰りで働き続けているけれど。

8

貧しい民《たみ》は救わない日本

日本人は今、戦後最大の貧しさを実感していると思う。

我々団塊の世代は、若い時に高度経済成長の時代を生きた。決して裕福ではなかったが働くところはいくらでもあったし、学生はバイトにうつつを抜かし、勉強をないがしろにして麻雀《マージャン》に明け暮れもした。それは戦争直後の食糧難から脱出し、貧しい時代と、お金さえあれば何でも手に入る時代の転換期でもあったわけだ。

兵役《へいえき》から解放され、復員してきた青年期の人たちの結婚適齢期とマッチして、結婚ラッシュ、またたく間に出産ブームが起き、いわゆる団塊世代が生まれた。大都市では子供が増えすぎて、午前と午後に分けないと教室が足りないという現象さえあったと聞く。

同世代の爆発的出現で、大学入試も、就職も、競争が激しいのは当然で、住宅さえ満足ではなく、欧米人に「日本人はウサギ小屋に住んでいる」と揶揄《やゆ》もされた。それでも一生懸命に働き続けて、高度経済成長を支える貴重な労働力となって国に貢献もした。

わたし「せんだみつお」は、現在も一ヵ月に一～二回は老人ホームや施設を訪問しているが、その団塊世代を生み、育てた世代が、まるで「ゴミのように」国に見捨てられた状態になっている。若い時には戦争に駆り出され、戦後は数十年も一心不乱に働いて国に貢献し、子育てし、一番大切にするべきこれら世代を、ついには「後期高齢者医療」の名のもとで見事に「もう早く死ね！」とばかりに社会から葬《ほうむ》ってしまった。

実は、この世代が当時の政権与党を支持し、支えた世代でもあった。それをこともなげに、自民党・公明党という当時の政権与党は、厄介払いをするがごとく捨て去ってしまったわけだ。

日本人の最も大切にする「義の心」と「恩」を仇《あだ》で返してしまったわけだ。この世代は、選挙で一番棄権をしない世代でもあり、まさに頼りになる票田を捨ててしまったわけだから、政権与党から転落することは目に見えていた。

公明党も、小選挙区制度では議席の獲得もならず、昔の福祉の党の姿も消えて、遂には党首まで落選してしまった。公明党は、福祉の党として一日も早く回帰し、名のごとく公明正大に戻って欲しい。選挙制度が変わって、党の存続が危うくなり、遂には離散・集合を繰り返して、結局、最後は自民党の子会社（？）、準政党みたいになった。

ずいぶん昔のことだが、沖縄で自民党の候補の応援に行った時、わたし「せんだみつお」が公明党をほんの少し批判しただけで訴訟騒ぎまで起こして、週刊誌やテレビ、マスコミを賑わせたことがある。当時、公明党と自民党は一つの選挙区で議席を争う関係だった。それがいつの間にか自民党と友党になり、連立政権というのだから政治は分からないものだ。

自民党支持者の中には、公明党に違和感がある人は多く、公明党支持者の中にも自民党嫌いは多く存在する。地方の県議会・市議会選挙などでは、今でも、お互いに誹謗・中傷しながら選挙戦を戦っている。

政治を、国民が分からないものにしてしまった要因は、昔の「自・社・さ」連立政権と、「自・公」政権という組み合わせだ。こんな国民不在の政治をやったら「政権交代は起きるべくして起きた」ことになりはしないかとさえ思う。そのせいか否かはあずかり知らないが、わたし「せんだみつお」告訴もいつの間にか立ち消えになってしまった。

話がそれたが、この「後期高齢者医療」の制度は、弱い者いじめの典型だから一刻も早く廃止して、この国を支えた世代に、まずは恩返しをして欲しいものだ。お年寄りの「いっそ死んでしまいたい！」という言葉を聞くのは一番つらい。

話題はそれるが、北朝鮮の「強盛大国」の軍事一色のスローガンが、かつての我が国の国民不在の「富国強兵」と同じに見えてきてしまった。この国の国防については、「⑫アメリカはマジで日本を守れますか？」で触れることにし、ここでは、貧しい国民をこの国は救う気があるか？　に論点を絞る。

わたしたちや子や孫は、この国を信じていいだろうかということを考えてみたい。

果たして全世界の国々はこの先どこへ行くのか？　その前に地球は大丈夫か？　CO2問題は？　わたしには到底分からないが、少なくともこれらは、国の指導者が考え、英知を絞り、温暖化問題なども全地球的に対策を練るべきこと。ヒマラヤの氷河が全て消えて水がなくなったら、発電はもとより生活用水もなくなって、滅びてしまう国がヨーロッパやヒマラヤ周辺に多いと聞く。

日本に限らず、国とは国民の集合体だから、政治家に任せず、心を新たに一人ひとりが考えなくてはならない。

とはいっても、そんなことを考える余裕は今の日本国民にはない。国の政治・政治家に対して、信頼とか尊敬とかいった類《たぐい》の安心感を持っている人は非常に少ないと思う。一部の政治家たちのことだったとしても、数え切れないほどの金銭スキャンダルを見せつけられた国民なのだから不信感は当然だ。

日本の政治家ほど、国民の信用を失った国が他にあるだろうか。そこには一種の「人気投票的選挙」と「義理と人情と、お世話になったお礼選挙」から脱却できない国民の責任でもあると思う。

わたしたちが、日本の政治家に国民としていえることは、「他国に国民が拉致《らち》され、拉致したことを認めた国が何の解決も謝罪もしない上に、それを必死に訴えている自国の上空にミサイルを通過させられたらどう感じますか?」アメリカの大統領に対してこんな質問をしてほしいということだ。

政治が、何でもかんでも、無理やり、ことを難しくしているだけかもしれない。政府が、政治家が、毅然《きぜん》とした態度をとれない国の国民が、毅然とできるわけがない。

2009年8月の総選挙で野党・民主党が308議席という圧倒的勝利で、政権交代が成った。あのライオンヘアー総理の郵政解散選挙で獲得した294議席を14議席も上回った圧倒的勝利。

戦後の約六十年間、政権の座にあった政・官・民の癒着構造といわれるものが本当に変えられるのか、わたしはまだ信じてはいない、が期待はしたい。国民の生存権を保証しなければ国じゃないもの。

◇

第二次世界大戦の敗戦は、果たして日本にとってよかったのか？　論は分かれるだろう。敗戦国でよかったという人が多い。アメリカ型の民主主義の恩恵で、人々は自由を手にしたのだから。

しかし、そこには多くの国民の犠牲があったのだ。広島・長崎に投下された原爆、沖縄の尊い犠牲も忘れてはいけない。沖縄にはまだ遺骨が放置されたままになっているところがあると聞くし、北方四島は未だに返還されてない。詳しくは知らないが、国民総動員法で戦争に駆り出されて命を失った、「若き精鋭」の命と引き換えに手にした「民主主義」であることは忘れてはいけない事実だと思う。

長野県の別所温泉の近くに「無言館」という美術館がある。わたし「せんだみつお」はＮＨＫのテレビ放送で十年ほど前にその存在を知った。

志《こころざし》なかばで、強制的に学徒動員により徴兵され、命を失った、若き画学生が残した遺作が展示されている。芸術を愛した清らかな心の青年に、絵筆に替えて銃を持たせて戦わせた日本という国を、国民として改めて考えてみよう。

特攻隊で玉砕《ぎょくさい》した若者、魚雷艇で敵艦に突進した若者、もし仮に彼らが生還していたら、戦争の犠牲者にならなかったら、この国の姿は、今の様に迷路に彷徨《ほうこう》することがなかったかもしれない。もし彼らが生き残っていたら、色々な分野で活躍してくれたろうと思うと悲しくてならない。

団塊の世代・悩める世代の皆さん！　信州を訪れることがあったら是非とも「無言館」を訪問し、若き画学生たちが描いた数々の「心の叫び」の作品を見てください。

おそらく、自殺しようなんて気にはならないと思います。死にたくないといえず、「お国のため」と命を散らした若者たちが、生きる尊さと喜びをきっとあなたに伝えてくれるから。

⑨

そうか！　一回だけか！

わたし「せんだみつお」の生きる信条というか、覚悟というものを、あえて聞かれたら「そうか！　一回だけか！」という言葉になる。

誰にも一生に一回はチャンスがある。幼少の頃から芸能界に入り、約五十年のうち、四十五歳過ぎてから徐々に感じてきた「思い」である。

繰り返しになるが、昭和47年～昭和55年くらいまでは、わたしの黄金期、全盛期であった。レギュラーがテレビ週四本・ラジオ三本・映画の出演・サイン会・イベント等それこそ、寝る間もないほどのいわゆる「売れっ子」であった。

しかし、人気というものは「人の気」であり、移り変わりが激しい。特に我が日本民族は、熱しやすくて冷めやすいという、世界でも類を見ないほど順応性が高く、飽きっぽい。

戦後、つい先頃まで戦争をしていた「鬼畜米英（戦時中はそういっていた）」に対してまで、マッカーサー上陸でいきなり「ギブ・ミー・チョコレート」の豹変ぶりであったそうな。生きる逞しさと思えなくはないけれど、何か悲しい思いがしないでもない。戦後の写真で、元憲兵隊長とGHQの士官が芸者と一緒に写真に写り、満面の笑みを浮かべて酒を飲んでいるのを何度も見た。つまり、非常に洗脳されやすい国民なのである。

戦争中にアジアの国々を次々に侵略し、軍事力にものをいわせて多くの植民地を作り、中国に満州国を建国し、傍若無人《ぼうじゃくぶじん》の振るまいの後、敗戦とともに「ころっ」と態度を変える。思えば単純明快、実にさばさばと、あきらめるのが得意で、是非論という意識や信念がない。日本と中国の間に横たわる潜在的不信感は、もともとは日本に起因していることとさえ忘れている。それを「歴史認識として小・中・高歴史教育で教える中国・韓国・北朝鮮他」と、あえて塞《ふさ》ごうと、歴史教科書に実態を書かせず、子供たちに本当の歴史を教えないようにし、国情の違いを感じる。

子供たちに真実の教育をしないと、将来にわたり潜在的不信感は拭《ぬぐ》えないし、反省の上に立った指導者は生まれないのではないか。何でもすぐにあきらめる風潮を脱却しないと、世界に尊敬される国家・国民たり得ないとわたしは思う。

そんな視点でものを見てみると、自殺でさえもある種の、流行っぽい感じさえしてしまう。当人にとっては大きな悩み、苦しみでも他の人には他人事、よそ事になる。

ちょっと話題が逸《そ》れるが、先日の昼過ぎ、世田谷の三軒茶屋駅改札口そばで男子高校生が定期を落とした。本人は全くそれに気づいていない。わたしが拾って渡そうと思ったら、いち早くご婦人がそれを拾い「これ落としたわよ」といいながら高校生に手渡したのだが、その反応に驚いた。

もちろん、「ありがとうございます」でもなく、「すみません」の一言も発せず、まるで自分の母親から受け取るように無表情に受け取っていた様子を見て思わず、「なぜありがとうがいえない！」と、ヒッパタイテやろうかと思った。

「なんだコイツは！」と一言、いってやろうと前に進んだが、ちょうど間の悪いことに、周囲の女性たちがわたしを見つけて「あっ！　せんだみつお！」といっているのが聞こえて一瞬たじろぎ、チャンスを失《い》してしまった。今考えれば情けない話であるが、少し名があるだけでこれである。ましてや、チョー有名人ともなれば、尚更やりにくい状況だろうが、自分が情けなく深く反省し、同時に自戒の念にも駆られた。

こうして六十二年も生きていると、様々な人間模様や、出来事との出会いがある。

もちろん人口一億以上の国民それぞれ、老人から、赤ちゃんまで個々にいろいろあるわけだ。しかし、それを本にして出版できる機会は少ない。わたし「せんだみつお」という名がまだ少し残っているからできることで、それ自体ありがたいことだと思う。

以前より著書は何冊か出しているが、どれもこれも、大袈裟だが、それほど社会の役には立たないお笑いネタばかり。今回の執筆は、芸能歴五十年あまりということで、気持ち的には本気で、渾身《こんしん》の思いで書いている。

とはいえ、以前の出版物をいい加減に出したわけではないが、今回はパワー全開、気合いが入っている。なぜ「気合い」を入れているか一言でいうならば、同世代、いわゆる団塊世代と、それ以上の世代の人たちにあまりにも夢がなく、つらい生活を強いられているからだし、励ましたい一心からだ。

たった一回限りの人生だもの、「有意義」に生きなきゃ。「そうか！　たった一回だけか！」と思えば、自分を大事にする気持ちになれるから。

前にも書いたが、この国のありようが、異常事態であると肌で感じるからこそ、負けたくないと思いたいし、自分に負けたら生活にも負けると思う。自分の生活は自分で守り抜く覚悟と根性は捨てたくないからだ。

まず第一に、今の日本人にとって一番大事なことは生活である。将来の安心した生活の保証であり、夢があることであり、国を信じたい。

そこで将来の生活の保証である年金について思いがいってしまう。現在、国民年金の納付率は60％前後とか。自分たちが「もらえるか、もらえないか分からない」年金を若い人に払え、という方がしょせんは無理がある。40％強の未納者が国を信じられないという、末期的現象が起きているということで、元厚生労働大臣の「納付率が上がるかどうかは神のみぞ知る」なんて、呆れてものもいえない国会答弁に失望感が漂うのは当たり前だろう。

確かに、一部に富裕層はいるが、相対的には1％にも満たない。そういう富裕層の話ではなく、ごくごく一般的な国民の大多数が、生活苦を訴えているのだ。

消えた年金はどこに行っちゃったんでしょう？　何でこんな国になってしまったのか、少ない脳みそで考えてみたが、行きつく先は政治、政治家の程度の低さに原因する部分が多いと理解した。優秀な人も多いのだろうが、中には「ヒエッ？」っと驚くような政治家もかなりの数でいると思う。

昭和20年の敗戦以来よくぞここまで復興したと、かつて世界の国々から尊敬の目で見られた。

バブル崩壊後の様子を見てもわかるように、国は銀行や一部大企業を「公的資金」という名の税金を投じて助けても、一般企業や中小企業、特に、個人に対しては何の救いの手も差しのべようとはしなかった。悲しいことに結果として、年間三万人以上の自殺者の数を割ることはなく、しかも恥ずかしいことに十二年も連続している。未遂も含めれば、報道はされなくても、その数倍にはなっているかもしれない。

これだけ取っても大変な異常国家といえる。東京マラソン参加者全員と同数の人が毎年自殺しているのである。この中には経済的事情と全く関係のない人たちもいるだろうが、圧倒的には経済的な苦痛で自殺しているという。サラリーマンであれば会社の倒産から始まり、零細企業の経営者の資金難や、不況で仕事がないなどの、先行きの見通しがつかない悩みで自分を失うのが、原因の大半を占めていると聞いている。

「幸福は金では買えないというが、おおよそ九割方は金で買える！」というセリフを、どこかの舞台で聞いたことがある。親子の関係、嫁・姑《しゅうとめ》の問題も、大方は金銭的なことでもめているのであろう。

子供の時、お年玉、お小遣いをくれるお祖父《じい》さんやお祖母《ばあ》さんは大好きである。しかし、父親、母親が祖父、祖母を粗末に扱うと必ず因果《いんが》は巡る。子供たちはちゃんと見ていて、その子供がやがて成人した時、結局同じ扱いをされ、祖父母と同じ想いをすることになる。両親が親に如何に接したかで、その子供の親に対しての接し方が決まる。だからこそ、親の責任として子供には「範」を見せておかねばならないのだろう。

一部の富裕層の場合は、親が死ねば財産分与でもめたりする例を聞くが、そんなもんは恵まれた話であって例外だ。

「明日より今日」の飯代を求めるのは当然で、我ら団塊世代のホームレスがいかに増えたことか。東京の公園、駅頭、川べりを歩けばわかる。その光景は、まさに戦争直後の荒廃真っ盛りの日本そのものなんだそうな。

全てを政治のせいにはできないが、やはり国の在り方が最大の理由だろう。簡単にいってしまえば、こういうのを「後手！　後手！　国家」というのだろう。何かことが起きてから四〜五年、ひどい時は十年単位の「後手国家」で、嫌になる。

わたしが住んでいる世田谷などは、狭い道路の交差点にさえ信号機がない。それが通学路だったりする。父兄が警察に必死で何百通もの嘆願書を出しても当局は一切動かない、かかわらない。そして事故が起き、それが死亡事故だったりするとやっと信号機がつく。

国も地方自治体もそんな具合だから、親子も、兄弟も、先生と生徒も人間関係が希薄になってしまった。

最近のニュースで一番悲しいと感じるのは、親の虐待で子供が死んでしまうことだ。それを、児童相談所の所長や担当職員がテレビに向かって「ケンカの傷かと思い……」「気がつかなかった」なんて平気でいい、それがあたかも当然のように放映されている。いつも通りの責任逃れのコメントを毎回毎回聞かされてつらい。

また、すでに昔話の感じになっているが、忘れてはいけないのが「オウムサリン事件」で犠牲になった人たちのことである。上九一色村に早く警察が捜査に入っていれば「地下鉄サリン事件」は未然に防げた。県警が「宗教法人施設」ということだけで踏み込まなかったからである。

あの痛ましい坂本弁護士一家殺害事件も、誘拐された現場で、オウム真理教の犯行を裏づけるあのバッジを発見したのは、警察ではなく坂本弁護士の母親であった。

警察は国民の生命を守るためにかなりの努力していることは衆知のことで、私にも異論はないが、やはり中にはいる。何がいるか。「……」が。そう、怠け者、面倒くさいことにはフタをする体質の人たちが。

別に警察批判をしたくて書いているわけではないが、事実である。

私が某区に住んでいるとき、ある警察の一日署長をしたことがある。肩からタスキをかけ町中を行進して「交通安全」と「防犯」のキャッチフレーズを大声でいいながら、マニュアル通りこなし、夕方から署の近所の寿司屋で打ち上げの懇親会があった。

この方々はこのような時は公費で酒が飲めるから元気である。署長からねぎらいの挨拶、そして副署長の乾杯の発声で始まる。「エ～ッ！　この度は、せんだみつお様に一日署長をお願いし、町の皆さんも喜び、大成功でありました。では、乾杯です」。

慌てた私が、「あっ！　副署長！　わたし、今日は署まで自分で運転してきたのでジュースにしてください」と一言。

「まぁまぁ〜一杯ぐらいは大丈夫ですよ！　ではカンパ〜〜〜イ！」であった。

約三十年前の実話である。

◇

誰でも、多かれ少なかれ、一生幸せのまま、何の苦労もなく「ノホホン」と過ごす人はいないだろう。

人は苦労の数だけ成長すると、何かで読んだことがある。苦労とは「お金がない」だけじゃないですよね。団塊の世代や、悩める多くの世代には、その世代特有の「苦」があるのは当たり前のことで、いつも、その「苦」と戦いながら、人生の今日を背負い、泣き、笑い、怒りながら年を重ねていく。

お金持ちには「金持ちの苦労」が、生活困窮者には「生活の営みの苦労」が、かぶさっている。それでも健康でさえいれば、何とか生きていける。単純にいってしまえば、それが本当の幸せってヤツかもしれないし。お金持ちでも健康を害していれば、決して幸せとはいえないと思うから。

「人生は一回」、でも、一生の中で、何回でもやり直しがきくんです。反省したり、やり直したり、いつも堂々巡りをしていても、全部含めて人生は一回ね！

〈監修人より〉

人は一生のうちに必ず一回は輝く（花咲く）時があると私は思っています。

あの、金さん銀さんは百歳過ぎて国民のアイドルになって大輪の花を咲かせました。「せんだみつお」さんは二回取材をさせてもらったことがあったそうですが、とっても可愛い、輝いたおばあちゃんだったといっていました。

しかし、普通、その時がいつ自分に来たのか、残念ながら気がつかないままに通り過ぎているのです。

素晴らしい先生との出会いや、職場の上司、同僚など、自分にとって幸運をもたらす人との出会いは意外と多い。それらの出会いには、自分を大きく育てる「学ぶ」という要素が含まれています。無駄にしては、ノーベル平和賞のアフリカ・ケニアの環境副大臣ワンガリー・マータイさんではないが「もったいない」のです。

人間には夢も希望もあるわけで、それを実現できないで、またはしないで、ほとんどの人は一生を閉じてしまいます。

自分にとって一番の転換期を逃したら人生最大の損失というもので、つまりは夢を見ているだけでは「バク」みたいなものになっているということ。そういう夢は寝ているときに見ていればよい「泡沫《うたかた》の夢」なのです。

それならば何を持ってその時を悟るか、春夏秋冬を敏感に感じ取る感性を養っておくということかもしれません。暖かくなって春を感じ、暑くなって夏を、涼しくなって秋を、そして木枯《こが》らしと共に冬を感じていたら野生動物にも劣ることになりはしないでしょうか。私は森羅万象全てに心を、愛を注げる人になりたいと願っています。

以前書いた私の著書『君は二十歳で社長になれる～中高生、若者諸君、君こそ一国一城の主だ！』（文芸社）の中に、「君は絶海の孤島に棲む鳥や草花に思いを馳せたことがあるか」というくだりがあり、本書でも「せんださん」が触れていましたが、まさに自然の中に身を置き、自然と対話ができなくては、今、自分の身に何が起きているかさえ分からないのです。

人を思いやる心を持てば人の真の好意も分かろうというものです。それがチャンス到来を感じる素になるような気がします。

⑩

追っかけおばさんパワー

〝追っかけ〟は昔からあったが、いつ頃からか、この言葉が使われるようになった。ヨン様から〝追っかけ〟に「おばさん」がついた。

あるわたしの仲間のタレントがいっていた。

「追っかけおばさんてね！　あれは、せんださん！　第二発情期なんだよ！、ロウソクが消える前の最終燃焼期みたいなもんさ！」と。あの逞しさから、このおばさんたちの中から自殺者は絶対に出ないと確信する。第二発情期であろうと、第三発情期であろうと、あの物凄いエネルギーは頂きたい。

先にも書いたが「人生一回きりなんだから」あやかりたいもんだ。

ヨン様を追っかけて韓国まで押し寄せて、自宅から、出演したドラマのロケ現場までツアーに組み込まれてゾロゾロ、旅行会社も何でもありで節操がない。お客がいるからそういうツアーを組むのか、そういうツアーを組むからお客が集まるのか、結局ニワトリと卵なんだろうけれど、時々事故が起きるのは考えもの。実は韓国の現地では大いに迷惑がられているとも聞く。

いま日本の芸能界の実情は、その韓国フィーバーで大変厳しいものがある。韓国ドラマに押されて、テレビのドラマが様変わりしている。一部の人気アイドルの主演ものは、それなりに高い視聴率を稼いではいるが、映像文化的にいえば衰退の一途をたどっている。

わたし「せんだみつお」クラスは、脇役専門でもあり、ドラマだけが仕事場でもなく、地方の営業・司会などで、どうにか食いつないではいけるけれど、本当の意味の職業俳優の主役級・準主役級の人たちは働く場を奪われてしまっている。

テレビ局も不況で、スポンサーがつきにくく、高い製作費を出すよりは「韓国ドラマを一本買ってしまった方が安上がり」で、何回でも再放送の使い回しはできるし、安易に視聴率も取れるというわけだ。番組編成期になると各局が、一応新しいドラマ作りを始めるが本数的には少ない。今、中高年の名優といわれる俳優さんの仕事が少なく一番気の毒な気がする。

とはいうものの、日本の方にも原因はおおいにあるといえる。韓国ドラマに主演する男優・女優さんたちは確かに見栄えがするし、魅力にも満ち溢れている。

韓国は戦時中にできた国で、国防精神は国民共同の意識でご多分にもれず兵役義務がある。一定の期間、国防の兵役義務があり、人気俳優であろうと、プロ野球の選手であろうと、サッカー選手であろうと厳しい軍事訓練を受けなくてはならない。全部とはいわないまでも、しょせんは、ひ弱で「へなちょこ」な日本の男とは逞しさが違う。

あの、「追っかけおばさん」たちを夢中にさせてしまうのは、古き日本の、軍国時代の若き将校をイメージさせるからだろう。男らしく、逞しく、そして、女性に対する優しさを連想しているに違いない。それこそが男の魅力であり、男の色気（？）。昔の強い男への憧れなんだと思う。

私は戦後の樺太生まれ、引き揚げて来た時には幼すぎて、当時のことは知らない。全て親を通じて聞いた話ではあるが、戦争中の日本は、男はほとんど兵隊に駆り出され、女性が日本を守ったといっても過言ではなかった。それは「武士の妻」そのもので、夫のいない間は家族を支え、子育てし、姑を守り、家を守り、寝ずに働き、辛抱強い女性の典型的姿であった。もちろん、現在の「追っかけおばさん」とは、質においても、信条においても比較対象ではないけれど、女性の強さという部分では同じではないだろうか。

私たち団塊と呼ばれる世代は、競争社会だったと前にも書いたが、ある意味では戦争の犠牲者でもあり、貧しさを知っていることでは、今の若者のように、物を与えられて育っていない分、少しは強いかもしれない。親が競争社会で、その二世の団塊ジュニアがバブル崩壊の荒波をかぶり、就職難でフリーター、派遣切りにあい、実に受難世代であるから余計に「追っかけおばさん」が強く見える。

不況の真っただ中で、母親が働きたくても保育園もなく、待機児童が溢れて、いわば、団塊三世の「今の世代の子供」までもが犠牲者になってることは、見逃せない。

さらにつけ加えれば、我々団塊世代の親は戦争の犠牲者でもあったわけだ。

女性が強いのは当然で、「追っかけおばさん」も実は団塊世代に多いのは、競争社会を生き抜いたからかな？　何だろうね？　あのパワーは？　総じていえば、男が社会に疲れ果てちゃって、おばさんだけ強くなって生き残ったんでしょうな。あのパワーをもらい、何とか苦境を脱していこうと呼びかけたい。

こうして考えてみると、「追っかけおばさん」のパワーも、考えようで心強いような気がするから、不思議を超えて尊敬に値するのかもしれない。行く先々で「せんださ～ん！」と気軽に声をかけてくれるのもこの世代だ。いつまでも、いつまでも、昔の「せんだみつお」を覚えていてくれて、励ましてくれているのでありがたい。

実はこの「追っかけおばさん」たちが「せんだみつおゲーム」にはまっていたと聞くに及んでは驚くばかりだ。わたし「せんだみつお」は、この「追っかけおばさんパワー」に支えられているのかもしれない。この凄いパワーをいつの間にかもらって。

どでかいアクセサリーに、豹柄《ひょう》のパンツ、ブーツを履いて、髪は茶髪で、手にはヴィトンのバッグ、時計はロレックスで、車はＢＭＷ。どうも、追っかけおばさんのイメージはそんな感じになってしまう。しかし、とんでもないことで、実は「普通のおば様族」である。

先日あるところで、トークショーをやり、来場したおば様方と歓談した時に、皆さんが口をそろえていった言葉が「男はだらしがない！」だった。このおば様方、ほとんどが韓流ドラマのファンで、日本のドラマはつまらないので見る気もしないそうだ。

◇

今をときめく大スターや若手俳優や歌手を主役に抜擢してドラマ作りをしても、つまるところは、「視聴率は取れても、スポンサーの喜ぶ購買」にはつながっていないのではないかと危惧する。韓国ドラマにスポンサーが集まるのも、このおば様パワーこそ購買層なんだから。

民放は、やはり視聴率を気にするが、スポンサーは購買層の嵩《かさ》上げが目的だから。視聴率調査もさることながら、それが企業に、スポンサーの売り上げに如何に結びついたか、向上に導いたかを調査しないと、テレビ局のスポンサーは近い将来、ネット関係などの通信媒体に取って代わられそうな気がする。

元気を失いかけた団塊世代や、悩める世代の皆さん、これからは「おばさんパワー」の時代ですよ！　このおばさんパワーがなかったら、日本はとっくに沈没していたかもしれない！

⑪

「平和ボケジャパン！」はどこへ行く

政治家の先生を話題にしていたのでちょっとテレビ番組を見渡してみる。今や、芸能人、学者、文化人のみならず、一般の人、それ以上に政治家の先生方が多くテレビ出演している。

つまり政治家たちはワイドショーを大変意識していると聞く。ゴールデンタイムの政治家出演のトークショーも、明らかにワイドショーの一つとわたしは考えている。

芸能人と違って、どこか威張って、常識人顔しているので到底好きになれない。こんな日本になったのは「あんたらのせいだろが！」と、いってやりたい衝動に駆られてしまうこともある。政治家が平和ボケしちゃっているみたいで失望を感じる。

あの人たちは政治家じゃなくて政治屋みたいだね。「地盤」と「看板」と「カバン」を親から引き継いで、三世、四世議員の三十代～四十代の若い議員が、いってることが七十代～八十代の古い政治家と同じなんでイヤになってくる。

ともかくも、テレビに出演することが政治家にとっては、票を得る手段としては、顔も名も広めることができるという意味からも最高なのである。巷では、テレビに出ている政治家こそが有名政治家先生なのである。真剣な眼差《まなざ》しで、顔に青筋を立てて「かんかんがくがく」と、あたかも白熱する議論風の論争をしているが、私にいわせれば「それがどうした？」

である。終わりに総司会者のお笑いネタでチャンチャンである。

報道番組ではないからそれもありだろう、というよりは、政治を身近に感じさせる効果は抜群なんでやむを得ないとも。国民に、政治の裏舞台を教える、伝える手段として「なるほど！」と思う時もないとはいわないが、結局バラエティー番組なんだね。

なぜなら、答えは一つ、わが国のテレビ界の手法では、本物の「政治論争番組」はできないし、仮にあっても、総合司会者の独壇場で、「ハイ！　コマーシャル！」で、論争を遮ってしまうからだ。それに加えて、政治家の討論番組は好き勝手にわめきたてて見苦しい、聞き苦しい。

政治話をバラエティーに取り込み、お笑いタレントが、あたかも真剣に議論する様と、政治を玩具にする番組構成こそが、「平和ボケジャパン！」じゃなくて何だといいたいが、これまたテレビが持つ功と罪のいたしかたない所か。

なぜ、この国はこんなにも元気がなくなってしまったのか？

答えは簡単で国民に「夢と希望」がないからだ。いつの時代だって金持ちと貧乏人はいた。しかし、それがバランスよく保たれていたからよいので、それが一挙に崩壊して格差があまりにも広がってしまった。

貧しさが明日への気概になって我武者羅《がむしゃら》に働いた時代と、国民が、ひたむきに努力することを失ってしまった今の時代はなぜできたのか。

昔から「衣食足りて礼節を知る」というが、それが自然の流れでもあり、貧富の差、老若男女を問わず、普通の生活の営みから自然に備わったものではないだろうか。今の時代、これだけ生活困窮者が増えることで、「生きる、生き残る！」が、人のなりわいである以上、礼節を欠くことになるのも自然の流れであり、あきらめの境地になっていくのも、また自然の流れなんだろう。

ここ十数年、起きる犯罪の質の悪さ、エゲツなさに心が痛み言葉もない。その半面で、隣の国からミサイルが飛んできて国土の上空を通り過ぎても危機感を感じない国民は、世界中を探しても、我が国民以外はそうはいまい。結局、よかれ悪しかれ、極限に達して、下限に落ちて初めて気がつくのだろう。「平和ボケの極地！」だが、こんな日本に誰がしたと嘆いてばかりはいられない。

金持ちが貧乏人を労《いた》わる心情は既に失われたばかりでなく、終戦直後の荒廃した時代よりも、更に夢がない分だけ悪くなっていると私は思う。一度贅沢を身体で味わった人たちは、余計に自己防衛本能に陥り、身勝手になり、故に冷酷さを身につけていく。日本人は慎《つつし》み深く、礼儀正しく、善悪のけじめ、見極めがつく、類まれなる「世界有数の優れた文化と歴史」を持つ民族のはずなのに。

ここで自省を込めて我が身を振り返ってみると、やはり根が単純で、お人好しで、子供の頃から両親の愛情に包まれ、年の離れた兄に可愛がられ、有頂天になり過ぎていたと思う。我々団塊世代の子供時代は、ひきこもりもなければ、オタクもなく、ただ外を元気に走り回り、遊びといえば、近くに原っぱがあって、第一にチャンバラごっこ、第二に三角ベースの草野球、第三が力道山のプロレスごっこだった。

小学生から中学生の昭和35年頃からはプロ野球が憧れの的《まと》だった。長嶋茂雄さんが巨人軍に入団した頃だ。背番号「3」にあやかって、何でもかんでも「3番」を取るために、どんな努力も惜しまなかった時代だ。銭湯の下足番号もさることながら、子供たちの草野球の背番号は全員が3番だった。

その頃は、未だ近所に「大嫌いなオジサン」がいて、自分の子供も、よその子も、分け隔てなく、悪ければ叱ってくれて、世の中のバランスを保っていたよい時代だったと思う。

それから数十年後、この世紀の大スター長嶋茂雄さんと、ゴルフや会食等々おつき合いができるとは夢にも思ってもいなかった。

昭和45年、芸名が「せんだみつお」になり、ラジオ・テレビ・映画などで大活躍の日々、そして、昭和47年スタートの『ぎんざＮＯＷ！』『うわさのチャンネル!!』などのテレビレギュラー、ラジオ、映画『こち亀』の主演、菅原文太さんの『トラック野郎』の準主役で、まさに「せんだみつお」は時代の寵児として、国民的お笑いスターだった。

全てが順風満帆《じゅんぷうまんぱん》で、こんな時、人は先が読めなくなる。わたし「せんだみつお」もまさに平和ボケ絶頂期であったわけだ。これは、「一回勝つとなかなか止められない」ギャンブルみたいなもので、未来永劫《えいごう》、この世の春が続くと信じて疑わない。しかしながら、神様は、自惚れをする人間には「自重せよ」と命じるものらしく、事態は急変する。

忘れもしない、昭和53年12月5日、ＮＨＫの子供番組収録中、体調が一気に悪化し、収録後そのまま東京都大田区池上の松井病院に入院する。数ヵ月前から身体がだるいという自覚症状はあったが、テレビ・ラジオ・映画とほとんど睡眠不足で疲労が溜まった、俗にいうところの「売れっ子病」として無視していたのが最悪の結果となった。これもまた、わたし「せんだみつお」平和ボケの極致ということになったわけである。

芸能界という、一般社会から隔離された社会の怖さはその後知ることになる。

翌年の昭和54年3月7日の退院まで、約三ヵ月の入院を余儀なくされた、大人気のタレントが、三ヵ月現場不在となると、再び復帰ができるか不安は高じてくる。退院後、約一ヵ月の自宅療養は数年ぶりの休息時間ではあったが、これがタレント生活の氷河期突入の序章であった。

タレントとしての復帰は、NHKの生放送だった。『うわさのチャンネル!!』など、まだまだ人気を保ってはいたが、「じわ～」っと氷河期が迫っているのを感じた時には既に遅しであった。

ある落語家さんがいっていたことが「あっ、これかぁ～」だった。時代は、いつも地球の自転に合わせて動いているわけで、芸能界は、俳優であれ、歌手であれ、とりわけお笑いの世界はつねに「若く新しいタレント」を必要とし、求めているのだ。

昭和55年長男誕生、昭和56年長女誕生、二児の父である今現在、二人の子供たちは、オンタイムでの父の黄金期を知らない。たまさか、過去の番組紹介等の放送で知る程度である。

こうして書いていると不思議な気持ちになる。あのまま、黄金期が続いていたらどんな人生を歩んでいたのだろうかと。もちろん、それなりにいいに決まっている「金銭的には」。

人はよい時には、自ら過大評価し、つらい時には過小評価してしまう。落ち込む時は際限なく、浮かれる時も際限もなくということだ。同じ自分なんだから、進む、立ち止まる側面に変わりはなくても「気」は浮き沈みする。結局のところ、人間はいろんな顔をする多面体動物なんだなと。

「平和ボケジャパン！」はどこへ行く？

それはですね、皆の行く方へ行くしかないいんです。一人ぼっちじゃ生きられないから。

自分が愛する母国が、いわれようもない衰退の道を転げ落ち始めた時に、国民はどうやってその中で生きればいいいんだろう。万世一系の天皇を頂き、営々と引き継がれ、国民の尊敬と親愛を集め、長い歴史と共に歩んできたはず国の誇りまで薄れていくようで寂しい。ちょっと民族主義者的な表現になってしまいましたが、世界には、日本よりも数倍も古い文明・文化を持つ国はあるけれど、かたくなに日本の様に伝統と歴史を大切に守り抜いてきた国家はないでしょう。

今や国は全ての機能を失いかけているような気がして不安になってきます。そこには「天皇の外国の賓客に対する面会」を、政府がゴリ押し、宮内庁に圧力をかけて実現させてみたり、一議員が天皇陛下の住まいを京都に戻すことを進言したり、節操がなく、政治家の思い上がりが目立つのです。

政治家は国家、国民のために、そうして、平和国家存続百年の計のために邁進すればよいのです。皇居を仮に京都にお戻しするのであれば、「国民総意はもとより、何よりも皇族方のご意見を拝聴した上で」論じるべきなんです。

こんな政治家がいるから、貧しい民にまで目は届かず、国民の苦境など目に入らないのではないでしょうか。平和ボケも、ここまで来ると末期症状という気がします。

やはり自分は自分で守らなければ、愛する家族は俺が守らなきゃって気になりませんか。

⑫

アメリカはマジで日本を守れますか？

北朝鮮のミサイル「ノドン」は日本に飛んでくるか？「テポドン」は太平洋を飛び越えてアラスカやハワイ、アメリカ本土へ飛んで行くか？

現在、世界各地で行われている戦争で、アメリカが関与していない戦争はない。イスラエルとパレスチナの戦争も背後にアメリカがいることは事実だ。表面に現れて直接参戦していないだけのことだ。

それはとにかくとして、直接アメリカ兵が送られている戦地が、イラク、アフガニスタン。いわば宗教戦争に「人権と民主主義」を旗印に参戦をしている。その戦争の妥当性が是か非かは知識不足のわたしには分からない。ただ、わたしに分かるのは、戦争は集団殺人だということ。

リーマンブラザーズとかいう会社の破綻《はたん》や、サブプライムローン崩壊など、かつて日本が歩んだ「バブル崩壊」の過《あやま》ちを犯し、世界を金融恐慌に追い込みながら、平然としているのは納得がいかない。

それでもアメリカは強い。それがアメリカだ。軍事大国で、食糧供給大国であることにも変わりはない。しかし、その軍事力を世界に誇示し、「世界のお巡《まわ》りさん」の様に、そこに利権がある限り「人権と民主主義」の旗を掲げて乗り込む。アメリカが北朝鮮に関心が薄いのは、得るものがないからではないかとさえ思う。そのアメリカに国土の防衛を頼っている日本は大丈夫なんだろうか？

北朝鮮による「日本人拉致問題」などは、横田めぐみさんの両親がホワイトハウスを訪問し、涙の訴えをしたじゃありませんか。アメリカは、いかにも救出に協力するように装《よそお》い、ブッシュ前大統領は口先だけで、動こうともせず、一向に解決の兆《きざ》しも見えない現状をどう思うか？　アメリカという国を知らないと大変なことになりそうな気がする。

中国の潜水艦が、日本の純然たる領土尖閣《せんかく》諸島周辺の地殻《ちかく》調査をしようと入りこんで来ても日本政府は動く気配もない。中国潜水艦の領海侵犯に対し、日本政府は「遺憾の意」だけで終わってしまう。

アメリカに至ってはその情報も伝えなかったと聞く。中国とは国交のない台湾政府からの情報で初めて知り、海上保安庁が巡視船を出したそうだ。本来なら、日米安全保障条約に基づいて、防衛任務に就くのが当然だと専門家がテレビでコメントしていた。

考えてみれば世界中の戦争を一手に引き受け、自国の若者を戦争に駆り立て、イラク・アフガンだけで既に数千人を超す犠牲者を出したそうだ。この上、新たな戦争など考えても無理ではないかと素人《しろうと》のわたしですら考える。とても日本を安保条約で守れるとは信じがたい。

その一方で、「隣国中国を気遣って北朝鮮の核兵器開発に手も足も出ない現実を、日本人は知らないと、とんでもないことが起きる！」などと、軍事専門家の話を聞くと穏やかではいられない。

「日本人拉致問題」は日本独自の外交努力で解決できたらと願うばかり。思えば、「日本人が日本の国の中で、不法に入ってきた北朝鮮の諜報《ちょうほう》部員に拉致されて何もできない」この国は信頼していいのか不安になってくる。物凄い金額の防衛予算を使って軍備したはずの自衛隊の兵器は、ほとんどアメリカの不要になった旧式のもので、「国の防衛には役に立たない」と軍事評論家がいうのを聞くとますます不安になってくる。

唯一の被爆国として「核廃絶」を訴えてみても、隣国でプルトニウム抽出とウラン濃縮を進め、既に核兵器として実験段階に入っている事実を前に何一つできないアメリカが、日本を守るなどという妄想こそ危険なのかもしれないですね。

わたし「せんだみつお」は、この種の知識には全くもって稚拙で、テレビや新聞報道の範囲のことしか分からないが、「これでいいの?」という、日本人なら誰もが考えるであろう不安と疑問は絶えず持っている。

国家間の問題も、国と国民の問題も、一般社会における人間同士も結局は強い方が、先に脅かした方が有利なら、法も、秩序も不要になる。太平洋戦争は、わたしたちに多くの教訓を残したのに、個人主義が主流になって、自分だけが勝ち組ならよいというような風潮は悲しむべき現象だ。

軍事国家に回帰することがあってはならないが、自国は自国が防衛する必要性が迫ってきているのかもしれないな！　と思う今日この頃です。

誰だって我が子を、夫を、兄や弟、恋人を、再び戦場に送ることは好まない。そのために我々日本人は、もう一度過去を問い直し、反省すべきは反省し、謝罪すべきは謝罪し、二十世紀に日本人は何をしたのか、どんな迷惑を近隣諸国にかけたのか、事実を隠さず、正しい歴史認識を子供たちに伝えないとますます世界から孤立してしまう。

最近、オバマ・アメリカ大統領の支持率が急落しているという報道を見聞きする。あれほど熱狂的に迎えられても僅《わず》か一年での凋落《ちょうらく》ぶりに驚く。さしたる失政があったわけではないらしいが、アフガンへの追加派兵や、国民皆保険に反対する共和党勢力に押されているかららしい。

日本では当たり前の国民皆保険がアメリカにはないそうだ。個人で保険に入り、怪我や病気の時には保険会社が治療費を払うという制度は、日本人にとっては全く馴染まないが、契約優先主義の国アメリカではそれが普通だという。保険に加入して保険料負担ができる人にはいいけれど、世界でトップの先進国が医療の保証をしないのは、国が国民の生存権の保証をしないのと同じことではないのかな、なんて思います。

そんな国民の医療さえ保証しない国が、軍事同盟国日本を、日米安全保障条約で守るとはとても思えない。政治のことは全く素人のわたし「せんだみつお」でも、何か信じられない部分を内包しているように思えてしまう。

聞く話によると、国家間の条約というのは、そのどちらか一方が条約を破棄する意思表示をすれば、条約は無効になるらしいですね。つまり、沖縄の普天間基地の問題も、安保条約破棄で全て無効だそうです。とりあえずは、日米共に安保条約破棄は考えていないようですがね。

ひと頃の、「アメリカの核の傘の下にいる日本」は、確かにある種の安心に結びついていたと思いますが、アメリカと中国の経済的急接近や、アメリカ国債の世界一の保有国が中国と聞くと、もう相互扶助関係にさえ見えてきます。日本の排他的経済水域内で、中国の潜水艦が行動しようと、アメリカはもう何もいえないのです。とはいいながら、アメリカは台湾に六千億円分の新たな武器輸出をするといい、物議を醸《かも》している。

２０１０年は日米安全保障条約締結五十周年だそうで、せめて、対等な日米というなら、地位協定とかいうものだけは排除して欲しいと思う。沖縄で起きた数々の性犯罪の犠牲になった少女や女性たち、交通事故や色々な事件の被害者になった人の身になって考えて欲しいですよ。

もう、アメリカが守ってくれているという妄想から、目を覚ます時なのかもしれないと思います。やはり個人にしろ、国にしろ、自己防衛しないと。

⑬

持ち続けたい気持ちの余裕

絶海の孤島に棲《す》む鳥や動物、草花に想いを馳《は》せたことがありますか？

道端に咲く、名も知らぬ雑草に慈《いつく》しみを感じたことがありますか？

森羅万象にあなたの愛を注《そそ》げますか？


そんなことを聞かれたらわたし「せんだみつお」は相当、戸惑うかもしれない。実は、この文章は、この本の監修と文作に協力してもらっている監修人・ヒルマさんの、〃もう随分昔の著書〃のくだりである。

どんなに苦しくても、どんなにつらくても、自然は誰にも公平に接してくれる。時という、地球の自転軸と自然の中で、現代人は「何も制約されないで」生きていけるのか？暗くなったら寝る！　腹が減ったら食う！　原始の時代なら普通にそれができた筈《はず》はずなのに。

昔、何かで読んだ知識だが、農耕を知らなかった時代の地球という星が養える人間の数は五百万人だったそうだ。人類生存の危機は、まず食糧難に始まり、やがては食糧を得るための縄張り獲得戦争、そして宗教へといき、国家を形成し、生きるために領土拡大という覇権につながったのだろう。

人類を滅亡から救ったのは農耕を覚え、食糧を生産することを知ったからだという。そのことにより、人類は地球を制覇し、他の種を絶滅に追い込みながら、今また、次の絶滅の危機に向かっているように思える。

環境破壊は、各国の指導者と未来を背負う若者の英知で救うことができるかもしれないが、核の平和利用を口実に武器開発をしようとする以上、最大の危機から逃れることはないだろう。地球上の全ての生命体が絶滅しても、気が遠くなるような数百万年の後には地球は再び甦るのだろうか？

そんなことを漠然と考えていたら、何か、身の回りの自然に身を置く自分が愛おしくなってくる。憎むこともなく、怨むこともなく、うらやむこともなく、ねたむこともなく、健康があって、満足して生きていけたら、それが本当の幸せなのかと思うようになった。

そうは思いながら、翌日になると、まだまだ「生々しい世界」で生きている自分がいて、哀《あわ》れにこそ思うこの頃、空に向かって深呼吸をしてみた。けれど残念なことに何も変わらない。

そうして浅学非才な凡人、わたし「せんだみつお」はどんなに苦しくても、まだまだ生き抜いてやるぞ！　と決心したりする。それでも深呼吸は気持ちを和《やわ》らげ、癒してくれて、それが「英気を養う」ってことなんだと、改めて感じたりしている。自然の中にいると人間なんてちっぽけなもんだと思うんですよ。

人間関係に苦しみ、経済問題で追い込まれ、健康を害し……と、人の苦は「際限もなく」あるけれど、自分に、どこかに死に対する恐れがあるならば、まずは自然に身を置いて、空を見上げ、吹く風から、雨から、問いかけてみよう。

「自分は死んだ方がいいですか？」と。自然はその大きな包容力で「死んではだめだ！ こうして生きなさい！」と、何かを暗示してくれるような気がする。そう、自然は神様そのものなんだから。

気持ちの余裕って何だろうと思う時がある。それはありあまる金で好きなものを買うことではないし、好きな時に、好きな所へ遊びに行くことでもないし、好きなものをタラフク胃袋に詰め込むことでもない。

結局のところ、気持ちの余裕とは、他人の悲しみを共に悲しみ、歓《よろこ》びを共に歓び、苦しみの重荷を共に支え合う人。マザー・テレサやキング牧師、ガンジーしか思い浮かばないけれど、そういう博愛主義というか、博愛精神という心を持っているということ。

残念ながら、わたし「せんだみつお」には遠く及ばないなぁ～と。

世の中には優しい人はたくさんいると思うんですよね。何も、マザー・テレサやキング牧師でなくてもいいんですよね。あの人たちはキリストの教え、心を誠実に実行していた聖職者だから。困っている人を心から手伝おうという優しさがあれば誰でも聖人かもしれないな。

◇

先日聞いたばかりの話ですが、東京のある駅で、毎日、車椅子で電車通勤している若者が、駅構内の階段で車椅子ごと転倒したというのです。車椅子で階段を下りること自体、大変体力の要る、技術の要る危険な行為なんですが、本人は毎回駅員の介助を受けることを好まず、訓練して、下りも自力でしていた。

そもそも、彼本人が、なぜ危険を冒《おか》してもそれをするようになったかというと、この就職難の時代に採用してくれた会社に対する感謝の気持ちと、頑張って社会復帰をしたいという熱い思いからとのことでした。

ちょうど、ラッシュアワー直前で、駅はだんだん混み始めていたそうで、混雑前に駅構内を出て駐車場へ行きたいという思いから焦ってしまったんでしょう、転倒したのです。

その時、往き交うサラリーマンや学生など、大勢の人がそれを横目で見ても、手を差し伸べることもなく、通り過ぎていったそうです。困った人を見ても助けようともしなかった、日本人の心は既にそこまで荒《すさ》んでいると思うと悲しいですね。

ところが、五十メートルほど離れたところにたむろしていたツッパリ風の（失礼）、頭は茶髪金髪はおろかモヒカンありの赤青黄色、まるで金鶏鳥みたいに髪を染めた、一見怖そうな暴走族みたいなお兄さんたちが駆け寄り、その車椅子を起こし、その人を車椅子に乗せ「あっという間に助けた」というのです。

その間、僅か三十秒くらいと聞き、わたし「せんだみつお」は思いましたね、人間恰好じゃないですね。彼ら心がありますね。横目で見て、見ぬふりをして通り過ぎた人より、ずう〜っと心がありますよね。

この国には、外見と中身が違い、温かい人がいて、彼らが社会を背負う時、その行動力と知恵を絞って日本をよくしてくれそうな気がして、嬉しい話を聞かせてもらったと思いました。人間を姿形で判断してはいけない典型的な出来事だったと思い感動しました。

持ち続けたいですね、気持ちの余裕を。

⑭

「信」の一文字の深み！

つらく、苦しく、あるいは、貧困にあえいでいれば、何かにすがりたい気持ちになること は誰にでもあるはずだ。このすがりたいものが「信」と「愛」であり、ほっとする心のより どころでもあるのではないだろうか。

宗教では〝信心《しんじん》〟というし、〝信仰〟ともいう。家族を信じ、友人を信じることは〝信頼〟 というし、仕事の面で「これだけはAさんにお任せしよう」は〝信用〟といい、金銭のやり 取りの土台も〝信用〟から始まる。また、遠くにいる友に、親に、兄弟に自分の気持ちを伝 えるのは〝通信〟だ。その他に、交信、電信、返信、信義、忠信、自信、信号、信書、信徒 などなど。

「信」という字は、「人が言う」と書く。もし仮に、何かに行き詰まったら、この「信」の どこかが壊れているのではないだろうか。

しょせん信用なんてものは「ハイ！　これです！」って見せられるものではなく、心の奥 深くに仕舞ってあるものだ。自信たっぷりに「俺は信用がある！」と思っている人に信用さ れている人はおらず、かえって鼻持ちならぬ奴だし、反対に、「イヤ！　私にはとてもそん な信用はありません」という人が意外に周囲に信用があったりするものだ。

そういえば芸能界にもたくさんいますよ、「自称・信用派」が。わたし「せんだみつお」

は、不信の代表みたいなもので、そんな自惚れはないけれど。

この「信」は「気」と同意語だと思う。いってみれば神様みたいな存在かもしれない。「気」だから「もともととらえようがないのが当たり前！」だろう。じゃあどうしたら「信」や「気」を自分の方に向けられるんだろうか？

わたし「せんだみつお」もこっちを向いてもらおうと努力してますよう。わたし「せんだみつお」流に考えれば、先祖を敬い、両親を大切にし、兄弟仲よく、友だちを大事にするってことに始まるような気がする。仕事は一生懸命にやり、周囲に心配りができるなど、いわば、当たり前のことを、当たり前にやっていればいいのではないかと考えている。

ひたむきに精進する姿は、上司や先輩、取引先や関係者に伝わる。それがいつしか、好感度になり、応援者が現れ、やがて「信の神様」の目にとまり、自分の知らぬ間に「気」が向いてきて、追い風になると思っていますよ。そんな風に考えれば、難しくもないし、上手くいかなかった場合の反省点も見つけやすく、自重もできるし、やり直しも利く。信用なんて作ろうと思ってできるものでもないし、自然にできているものではないだろうか、と考えたりしている。

だから、独りよがりで遮二無二いかないで、他人の意見を素直に聞く人になればいいんじゃないかな？　成功の陰には運と努力があって「信」を宿し、失敗の陰には「信」を放り出しているからだと、わたし「せんだみつお」齢《よわい》六十二にして気がついた。（ちょっと遅すぎる？　いいのです。六十の手習いってこともあるからさ）

ここに、騙《だま》す人と、騙されやすい人がいる、どっちが頭がいい？　決まっているでしょう、騙すほうが頭がいいに！　でも、騙される人の方が好きだな！　わたし「せんだみつお」としては。

ただですね、騙すつもりは毛頭ないのに結果が騙したみたいになっちゃう。これはつらいことですよ。もともとは誤解でも、悪い結果が出た時には、修復には十倍以上努力とスタミナがいる。普段から、周囲に気配りってものが身についていないと。

ですから、いつの間にか備わっているのが「信」だとすれば、焦らず、ゆっくりと自分の道を進めば、いつか行き着くかもしれないゴールが「信」。妙に肩に力が入らないで済むから顔晴《がんば》れるってもんですよ。

明日からといわず、今日から、たった今から気持ち切り替えませんか。

◇

わたし「せんだみつお（間もなく六十三歳）」は、もう青春期とはとってもいえない？初老のおっさんにも、若い、ピチピチした、多感な頃がありました。

高校は法政大学の付属、まっ！　普通なら大体は、ほとんどが法政大学へ進んでいくわけですがわたしは違った。秀でた才能の持ち主「中野光雄君（＝せんだみつお）」はなぜか駒澤大学へ進学したのだ。人呼んで「狭き門」をくぐったわけだ。

早い話が、付属高校にいながら、系列の法政大学が進学を拒否したわけだが、でも、特に失望も、落胆もなく駒澤大学へ進学していった。

高校時代から自然体で、エッチで、勉強嫌いで、そういっちゃなんだけど、明るい少年だった。

もっと、もっと、さかのぼる小学生の頃、評論家の木元教子《きもとのりこ》先生（僕にとってはお姉ちゃんみたいな存在だった）に、（父親同志の仕事の関係でとっても可愛がって（嫌われて、かな？）もらったことがある。世の中広しといえど、当時高校生だった木元教子先生のスカートの中に潜《もぐ》っちゃったのは、わたし「せんだみつお」の他にいないだろう……いるわけないか！

恥ずかしながら、わたし「せんだみつお」が道路交通法違反の不祥事を起こしてしまった時も、木元先生は「わたしは、あの子（わたしのことね！）小さい時から知ってるけれど、私が聞いたところ、お酒を飲んでいたといわれてたけど、ちゃんとお酒醒《さ》ましてから運転したそうよ！」とテレビのレギュラー番組でいって、フォローをしてくれたと後から聞いた。

その後お会いしてないので、お礼もいってないいんだけれど。

話がそれたけれど、「僕への信」が、未だ木元先生に残っていたんだろうか。

世の中には予期しないで、自分の意思に反してことが進んでいくことってありますね。

たった一つ、高校時代に漢文の授業で習った漢詩の一章節は、なぜか覚えている。

「落花は意ありて、流水心なくして落花を運ぶ」ってのと、

「流水は心なくして自ずから池に入る」だったかな。

花が落ちる時は実を結ぶ準備、そしてやがて実は種となり、風に乗って、水に流されて、鳥に運ばれて分布を広げていく。

流れる水は意がなくても高いところから低い所へ流れていく。

そう考えると、流れる水に「意」はなくても、落花には悠久の営みがあり、種族保存という「意」が確かにある。意味はうろ覚えで、何という漢詩かも忘却の彼方だけれど、早い話、自然の道理、法則は変わることなく動いていくものって習ったかな？

「信」って自然の法則や、道理の集大成かなって思う。だからさ！　悩める世代それぞれの人たちも、自然体のまま、逆らわず、力まず、肩に力入れ過ぎないでいこうよと勧めたいと思う。

⑮

もしも願いが叶《かな》うなら？

あれ？　どっかで聞いたような？

そうです、大ヒット曲『フォール・イン・ラブ』の歌詞の冒頭ですが、それをもじったわけでもなく、パクったわけでもない。

実は、わたし「せんだみつお」には、どうしてもやってみたい役がある。弟子の曽良《そら》を伴って奥州に旅立ち、「奥の細道」に多くの名句を残した、俳聖・松尾芭蕉《ばしょう》を演じてみたいのだ。今六十二歳ですから、この先、最低十年は可能性があるわけだ。

今まで、多くの名作に出させてもらった。喜劇は当然として、舞台や、薬師丸《やくしまる》ひろ子さんのミュージカルやシリアスな刑事もの、時代劇まで。吉永小百合《よしながさゆり》さん主演のＮＨＫドラマ『新夢千代日記《しんゆめちよにっき》』や『花の乱』、『おんな太閤記《たいこうき》』。ずいぶん昔だが、北大路欣也《きたおおじきんや》さん主演の名作『尾瀬に生き、尾瀬に死す』等々、それ以外にも数々の大作・名作に出させてもらい、今でもワクワクする。

徳川幕府の隠密《おんみつ》説はとにかくとして、飄々《ひょうひょう》と、淡々と力まずに「五・七・五」に表現する、世界に類を見ない短文学に思わず引き込まれてしまう。一度、松尾芭蕉が辿った足跡を旅してみたいと思う。

そこで、「もしも願いが叶うなら」と思い続けているのだ。夢や希望は儚《はかな》いものだろうが、もしも叶ったら？　との思いが膨《ふく》らんでくるし、明日への期待というか、目標というか、何かの指針になりそうな気がする。

「願いが叶う」ということは、どういうことだろうと考えてみると、一つには「思いがけなく叶う」という偶然性が大きいのかもしれない。つまり「願いが叶う」のを待つ他力本願的なもの。

　しかし、「③あきらめは自分を棄てること」で書いた通りで、あきらめて自分を棄ててしまったら、「願いが叶うなら」という夢も希望もなくすことになってしまう。それなら自分から、積極的に「願いが叶う」ように仕向けなくては「願い」の方が近づいてきてはくれないだろう。それには、いつも一生懸命が必要で、「たった今の自分」を評価してもらうしかない。

　わたし「せんだみつお」は駒澤大学中退だけれど、そこそこの年齢になった今でこそ、学業を中途放棄したことを悔いることがある。当時のわたしには、大学より芸能界の方が楽しかった。浅はかというか、オッチョコチョイというか、軽薄というか、軽率そのものだったと反省しきりなのだ。

　一般社会は学歴がものをいう偏重社会、仕事ができるより学閥重視で悲しいね。政府機関

や お役所、大企業の人の中には、一流の大学を出たことを一生の看板にして、むしろ、「しがみついて」生きている人が多いことに驚く。たった数年、一流の大学に通っただけなのに。もっとも、わたし「せんだみつお」に一流大学なんて「火星に行く」より難しいけれど。

見栄を張るわけでもなく、いいわけでもなく、わたし「せんだみつお」は学歴より、日本の美や、伝統文化を大切にする教養の方が尊《とうと》いと思っている。

教養なら、身につける年齢制限や、学ぶ資格は問わず、常時門戸は開いているもの。だから、繰り返すが「学ぶなら、稽古《けいこ》を始めるなら、今ですよ！　現在の自分が評価されなくっては！」願いも叶いますまい、って思っているわけだ。

今日の日本の世相は真っ暗で、最悪な状態で、もう来年には、GDPで中国に抜かれ、十年以内にはインドに抜かれ、ブラジルに抜かれ、ベトナムにも抜かれ、世界で三十位程になっているという予測があると前述した。人口も、いずれ九千万人に激減するといわれている。それでも、還暦を過ぎて六十三歳になるわたし「せんだみつお」としては、未だ希望を捨ててはいない。

あの、松本清張《せいちょう》さんが七十歳で叙勲《じょくん》を受けた時におっしゃった、「私は、将来のために中国語を勉強しようと思っているんです」という言葉が頭から離れない。わたし「せんだみつお」は、その松本清張さんのインタビューに答える姿を見て、感動というか、衝撃というか、絶句したのを思い出す。

数々のご苦労の末に推理作家として大成され、名作を世に送り出し、亡くなられた今でも、作品が生き続ける偉人を偲《しの》ぶこの頃。誰にだって、何歳になったって、将来は必ずやってくると信じる勇気もいただいた。

同じ、団塊の世代や、悩み多き世代が、どこかに「もしも願いが叶うなら？」という気持ちを持ち続けていれば、捨てなければ、決して自死の道へ進むことはないと思う。たとえそれが、「ほんのささやかな願い」であろうとも明日への活力になるかもしれないし、明日への望みに代えて顔晴《がんば》っていけるかもしれないと思うから。

◇

子供の時には誰でも「憧れ」という宝を持っていたと思います。電車の運転手さん、バスの運転手さんに始まり、少し大きくなると飛行機のパイロット、プロ野球の選手、サッカーの選手など。

それが、時代が変わって、さしずめ現在ならば「宇宙飛行士」といった具合に、年代に応じて夢が膨らんでくる。世代、世相によってその「憧れ」が変遷してゆき、大人になれば、実現できる人の確率はどんどん低くなる。

それでも、子供の時に抱いた「憧れ」や「願い」は終生の宝だと思う。昔を懐かしむ心や、過ぎていった日々、離れていった同級生などを思い出し、自分を振り返ってみることができるのも宝物だと思う。

人間の情は、遠くを思う心かもしれない。ふと、思い出す懐かしい友や、恩師など、急に会いたくなったりすることがある。遠く離れていくごとに別離の情がつのり、離れていた時が長ければ長いほど、再会の歓びも大きくなるという。そんな情緒こそ、人間の最高の宝物のような気がする。

今、わたし「せんだみつお」が「願いを叶えてやるから会いたい人を一人選べ！」といわれたら……？

元来、私は欲張りだから「せめて、せめて、せっかく叶えてくれるなら三人お願いします」と答えるだろう。母と父と、そして、この世に、わたし「せんだみつお」を送り出してくれた名づけ親の上野さんと答えるかな。

「生きる望みがない」とか「自暴自棄」に陥りそうになったら、子供の頃の、「憧れ」を持っていた時代を思い出してみませんか。

そうです、きっと子供の頃の気持ちを取り戻せるかもしれませんよ。そこには数十年前の「夢多き子供の頃のあなた」が微笑《ほほえ》んでいるでしょう。

⑯ 世間の風、どこ吹く風

この国の人は律儀者《りちぎもの》である。少なくとも昔はそうだった。一本筋が通った人、などという表現もある通り、融通が利かないほど正直で、義理堅く、実直で、面倒見がよいというわけだ。「律儀者の子だくさん」なんて、温もりを含んでいて好きな言葉だな。

ここでちょっと息を抜く意味で、私が公私ともにお世話になった偉大な人について書かせていただきたい。

みんな個性が豊かで、芸風もオリジナリティーがあって、全くもって世間とは「かけ離れた」人たちだ。世相に操られることもなく我が道をゆく。

まず、私が最も尊敬していた森繁久彌《もりしげひさや》さんのことに触れたいと思う。

ご存知の通り、九十六歳で鬼籍に入られた。森繁先生ほど、まるで風と戯《たわむ》れるように、吹く風に身を任せる振りをしながら、世間の風を自分流に、思いのままに吹かせて楽しんだ方はいないと思う。

森繁先生の話をすれば尽きないほどあるけれど、たまたま住んでいたところが近かったので買い物の帰りに時折先生の自宅を訪問した。

奥様もご健在の頃で、その日も、森繁邸の前まで行ったついでに寄らせてもらったら、バルコニーで望遠鏡で空を見ていた。

「先～～生！　何を見てるんですかぁ～？」と声をかけたら、

「おう！　せんだ！　来たかぁ！　明るいとハレー彗星《すいせい》は見えないなぁ～！」って。

まだ薄暮の夕暮れ、当たり前のことなんだが森繁先生がいうと何かおかしい。

奥様に、「おう～い！　お母さん！　せんだが来た！　金目《かねめ》のものすぐ隠せ！」

どこか、何か、飄々《ひょうひょう》とした森繁先生らしいジョークがたまらなく懐かしい。奥様にいつも温かく迎えて頂き、お茶を頂いた。今頃、天国で奥様とお茶を飲みながら寛《くつろ》いでおられると思っている。

森繁先生のウィットにとんだ、先生ならではのジョークは如何にも「現実にあったかのような語り」で聞く人を楽しませてくれた。

これも有名になったエピソードの一つだ。

その他にも、せんだの家では子供に「納豆」を「キャビア」と教えてるとか、逸話は限りなくある。

森繁先生が、黒柳徹子《くろやなぎてつこ》さんのテレビ番組で突然……。

「テツコさん！　君はせんだみつお君を知ってるか？」

「ハイ！　知っていますよ！」

「いやー、この前、せんだの息子を赤坂の高級な寿司屋に連れていったんだけどね、せんだの息子が、ここはお寿司屋さんじゃなーい！　っていうんだよ」

「ここは高級なお寿司屋さんだよ！　っていったんだけどね〜。せんだの息子が、違うよう〜、くるくる回ってないもん！　っていうんですよう」

……で、しっかり笑いを取っていた。これも懐かしい森繁先生と我が家のエピソードである。

私は、役者、芸人はこれでいいと思う。このネタの真相は、「せんだは息子に、くるくる回っているのが寿司屋」と教えているという、何とも滑稽《こっけい》な、まことしやかな噂が山城新伍《やましろしんご》さんから広まり、和田アキ子さんに届き、アッコから森繁先生にいき、挙句《あげく》の果てが、黒柳徹子さんの番組で……という経路のようだ。

回転寿司が世に出始めた頃の話で、いかにも時代を捉えた、タイムリーな話の作りと、持っていき方に、感心させられたものだ。こんな形で森繁先生の口を通じて話されると、笑いのネタになっていく。考えてみればありがたいことだと思う。

この原稿を書いている「さ中」、たった今、森繁先生の国民栄誉賞受賞のニュースを知った。心からお喜び申し上げたいと思う。が……。

忌憚《きたん》のない意見をいわせて頂けば、わたし「せんだみつお」としては、森繁先生がお元気なうちに差し上げて欲しかった。そうして、芸能界の仲間で「ワイワイ、ガヤガヤ」とお祝いの会をしたかったと思い、なぜかちょっと寂しさが込み上げてくる。

改めてご冥福《めいふく》をお祈りしたいと思う。

合掌。


次に、大変にお世話になった恩人、大スター山城新伍さんの話をしよう。

山城さんも多くのエピソードと伝説を残して鬼籍に旅立たれた。

山城さんはある意味では、人生を、その生きざまを通じて、どんなに我が身が苦境に立とうとも、どこ吹く風と受け流し、行き交わした人だと思う。

「月日は百代《はくたい》の過客《かかく》にして、行かふ年も又旅人也《なり》。舟の上に生涯をうかべ、馬の口とらえて老をむかふる物は、日々旅にして旅を栖《すみか》とす。古人も多く旅に死せるあり。……」

ご存知、松尾芭蕉の奥の細道の書き出しをそのまま地でいったような人だった。

私には山城さんが、ふいっと旅に出て「せんちゃん、ただいま！」とある日ひょっこり目の前に現れるような気がしてならない。

山城さんは、私が全盛期の昭和50年頃、映画界からのスターとして日本テレビの『うわさのチャンネル!!』に登場した。我々レギュラー陣も、最初は戸惑いもかなりあったわけだが、そんな心配はすぐに吹っ飛んでしまった。山城さんのお笑いのセンスはピカイチであった。

そこには、わたしが子供の頃に見た『白馬童子《はくばどうじ》』のイメージとは全く別人の役者さんであり、芸人さんがいた。

フジテレビの山城さんのクイズ番組『アイアイゲーム』でもレギュラー出演をいただき大いに救われた。おかげで、将棋の芹沢《せりざわ》八段、中尾ミエさんなどと楽しく仕事をさせていただくこともできた。

山城さんには色々なことも教えてもらった。単に芸能界の先輩・後輩という関係を超越した、父でもなく、兄でもなく、同業者でもない、表現は難しいが、本当に気の合った、公私ともにお世話になった師匠でもあり、同志でもあった。

『うわさのチャンネル!!』が終了した後、山城さんは台頭し、当時のテレビ界では初めての毒舌司会者となった。お上《かみ》に対する姿勢も、一切へつらい、おもねることもなく、かえって、その反骨精神を発揮して立ち向かう、素晴らしい勇気の持ち主でもあった。

それ故に、敵も多かったが、ひるむことはなかった。いわゆる危ないタレントといわれていたが、わたし「せんだみつお」流に表現すれば、その心意気は、落語家・桂春団治《かつらはるだんじ》そのものであったと思う。

「せんちゃん！　芸人はね！　野垂《のた》れ死にが一番だよ」が口癖の人だった。

山城さんは、司会者として、役者として、映画監督として、ドラマ、ＣＭ、ラジオ、文筆とその世界は無限でありながら、やがてファンの前に姿を見せなくなっていく。人気とは人の気であり、山城さんに代わる、テレビ局に媚《こび》を売る一見安心・安全なタレントにその立場を蝕《むしば》まれていった。山城さんは常日頃から私に、「せんちゃん！　テレビで売れた芸人は、必ずテレビに殺される」……と。いった通りになった。

そして、持病の糖尿病の悪化が拍車をかけ、全ての活動をやめて施設に入られた。何回となくお見舞いに行こうと試みたが、本人が全ての交流を断《た》ち切って決められたことであり、面会を好まず、ついにお会いすることが叶わなかった。

口惜《くや》しい限りだが、山城さんの人生観は、どんなに逆風に晒《さら》されようと、そんなもの、「どこ吹く風」だったのだし、男の美学を貫《つらぬ》かれたのだと思う。一見、無責任に聞こえる

「どこ吹く風」も、山城さんのような信念なしには、そして「外圧に向かい跳《は》ね除《の》けるパワーがなくては到底受け流せないよ！」と教えられたような気がする。

私には「⑮もしも願いが叶うなら？」に書いた通り、松尾芭蕉に一つの夢、願いがある。山城さんには松尾芭蕉の匂いがする。だから好きなんですかね！

ご冥福を祈りつつ、この項の筆を置こうと思う。

合掌。

◇

人には、様々な生き方がある。犯罪でない限り、自然体で生きることができれば幸せだと思う。

この項で、森繁久彌先生や大好きだった山城さんを取り上げたのは、いつも、風と戯れるがごとく、水の流れに身を任すがごとく自然体で生きた方たちだからだ。もちろん、わたし「せんだみつお」が知らない経験や、人にいえないご苦労もあったとは思うが、そんなことは欠片も見せず、生き抜かれたように思う。

森繁先生が「せんだ！　三十回や四十回頼んでもだめだぞ！　店に行くたびにお願いしろ！　百回目ぐらいで相手の女性も魔がさして、じゃあいいかみたいなことはあるぞ！」と。

これ暴露しちゃったので、今頃怒っていますよね！　多分！　ん？　何のこと？　深く考えなくて結構ですよ。

ただ、人間どんな局面に立たされても「柳に風」とはいわないまでも、受け流す度量の深さが持てたら悩まないで済むかもしれないと思って、老婆心ながら披歴しました。

森繁先生ごめんなさい！

⑰

自殺者はなぜ減らない？

誰もがこの数字を見ることは好まないし、心が暗くなる。しかし、これが今の日本の姿である以上は目を逸《そ》らすわけにもいかない。それは、いつ、どこで、あるいは身近で起きるかもしれないからだ。

わたし「せんだみつお」は、たかがお笑い芸人・タレントといわれる部類の人間だけれど、だからこそ、もしかしたら自殺を思い止《とど》まってくれる、勇気を出して再挑戦してもらえるような、何がしかの役に立つ応援やメッセージを送ることができないだろうかと、常日頃より考えていた。

日本人には「死んでしまえば仏様」で、全てが許されるという、古くからの慣習と文化がある。しかし、死んでしまった人よりも残された人の方がずっと地獄だろうと思う。

我々芸能界でも、まさかあの人が？　と思うほどの大物といわれる人たちが、わたし「せんだみつお」流にいえば、いとも簡単に自らの命を絶《た》っている。残念である。固有名詞はこの際遠慮するが、死を覚悟したなら、せめてキレイに、全ての臓器を必死に生きようとする人に提供する登録を済ませてからにして欲しいもんだと思ってしまう。人気のある、影響のある人が「自ら選ぶ死」は、無責任で、大変多くの人に失望という大きな迷惑と悪影響を及ぼしてしまう。

【警察庁発表の平成10年〜平成21年迄連続自殺者数値】

平成10年（1998年）	32,863人	橋本龍太郎内閣
平成11年（1999年）	33,048人	橋本・小渕恵三内閣
平成12年（2000年）	31,957人	小渕・森喜朗内閣
平成13年（2001年）	31,042人	森・小泉純一郎内閣
平成14年（2002年）	32,143人	小泉純一郎内閣
平成15年（2003年）	34,427人	小泉純一郎内閣
平成16年（2004年）	32,325人	小泉純一郎内閣
平成17年（2005年）	32,552人	小泉純一郎内閣
平成18年（2006年）	32,155人	小泉・安倍晋三内閣
平成19年（2007年）	33,093人	安倍・福田康夫内閣
平成20年（2008年）	32,249人	福田・麻生太郎内閣
平成21年（2009年）	32,845人	麻生・鳩山由紀夫内閣

特記1：平成15年は一気に2，284人急増している。
特記2：平成21年8月30日に衆議院総選挙が行われ、民主党が308議席という、あの小泉郵政選挙といわれた議席を越す圧倒的多数で政権交代が起きる。

連続十二年も続く年間三万人を超える自殺者のうち30％強が団塊世代だったり、原因として経済的理由が多いというのも悲しいことだ。もし、この本を読んでくれる人の中に、自信を失い、経済的に追い込まれて八方塞がりの人がいたら「将来必ずいいことがあるから頑張って」などという気休めはいいたくないから、「まぁともかく、殺されたって死ぬもんか」と思い止まって欲しいと。

この世に生を受けて、今までに過ごした日時を振り返ってみて欲しい。そこには、懐かしい思い出や、親から、周囲から受けた愛情があったはずなんだからさ。
政権交代が起きた2009年10月以降は自殺者数は減る傾向が出ているそうだ。
とにかくまず、一年間に三万人以下になって欲しいですね。

自殺者が増えても、悲しむのは残された家族や、知人だけで、それを社会のせいにしたって誰も助けちゃくれないのです。世の中を怨んでも、どんな理由があろうとも、死んだら本人の気持ちは伝わらない。死んだ己の惨めな姿を想像したら、とてもとても自殺なんてできないと思いますよ。もう一回、「死んだ気」になってやり直してみようよ！　どこかに活路が隠れていて、自殺願望者に生きる道を教えてくれるかもしれない。
もしも閻魔《えんま》様が本当にいたら「お前はまだ来るのは早過ぎる！」と叱られる。そういいながら、追い詰められた行き場のない気持ち、わかるなぁ。でも、ダメ！　ダメ！

◇

国民の預貯金に払うべき利息を吸い上げて、百兆円以上のお金を銀行に与え、そのお金で銀行を救い、大企業の経営破綻に対して、その銀行が「債権放棄」の名で数千億円の貸金を棒引きしてやる。国民の預貯金を何だと思っているのだろう。

戦後最大の企業破綻が「日本航空」なんだそうだが、債務超過（資本金を全て0《ゼロ》にしても残る借金）が、八千億円～一兆円らしい。そのうちの銀行からの借金七千五百億円を棒引き、つまり0にしてやるんだそうだ。

その銀行グループに預金している国民の預金がまたもや棄《す》てられる。前鳩山内閣のせいじゃないけれど、納得いかないよ。小泉改革って何だったんだろう。こんなことを平気でやった総理大臣と大学教授が、今も平然と貧乏人を踏みつけて、国を救ったような顔をしているのも、何か腑《ふ》に落ちないな。これが、軍事独裁国家ならとっくに逮捕されてるよね。

わたし「せんだみつお」の予想では、悲しいけれど、悔しいけれど、この年間三万人を超える自殺者を食い止める手立てはすぐには見つからないような気がする。ほんの少しでもお役に立てるなら、わたし「せんだみつお」は日本中のどこへでも飛んでいって、励ましたり、話し合ったり、少しでも心の傷を癒してあげられたらと思っている。日本人の一人として、明日は我が身に迫る危機だからね。

国家が国民に果たすべき務めは何かといえば、前にも触れたが、第一に「国民の生存権」、第二に「国民の財産権の保障証」であることは民主主義の大前提のはずだが、この十年あまりの間にその根幹が破壊されてしまった。

ある厚生労働大臣が「今度の年金法の改正は百年安心」と国会答弁して法案を強行採決し、翌年それが大ウソだとばれた。あの弱者切り捨てで「生も根も尽き果てた国民」は多かったと思うな。でもさ、国民が立ち上がって、政権交代だってしたんだから、何か期待してみようよ。

⑱ 真面目に生きて、不真面目に考える

そもそも、なぜこの本を書こうと思ったかは前で述べたが、六十二歳の芸人が、まわりに気を遣い、いいたいことの半分以上は腹の中にしまって生きてきた人生を振り返ってみようかな？　という思いと、還暦を過ぎて、そろそろ老境に差し掛かりつつあるわたし「せんだみつお」が、「もういいだろう！　思いのたけを語っても」という心境に達したことなどもきっかけになっている。

ただ只管《ひたすら》に生きてきて、ふと、自分と同じ団塊世代や、悩める世代の人に向かって何か元気を送りたい、役に立つことはないか、私「せんだみつお」の励ましが、少しは役に立つかな？　と思った。あまりにも競争社会に疲れた人が多いことを知ったことから書こうと決心した。

もとより、文才乏《とぼ》しいわたしのこと、何を書けば、あるいは書いたところで読者に興味を持って読んでもらえるかなど、思考錯誤に陥りながら、ただ一つ、読んでもらえた人に元気を、特に団塊世代に活力を送ろうという発想だった。

書きながら、自分もだんだん元気がなくなってくるのを感じた時に、「そうだ！　人間誰でも失敗はする！　それならば、一生懸命真面目に生きて、不真面目に物を考えたらどうだろう？」という心境になり、この項目を加えた。

世の中は混乱の極致で、政治は空虚、経済は真っ黒、人心も荒み、犯罪はますます凶悪化するなど、我が国の全てが悪い方向へ進んでいる中で、表面だけ正義を押しつけても何の役にも立たないと感じたからだ。

落語や、漫才などの大御所といわれる大師匠たちは、普段の生活は真面目に一生懸命生きて芸を磨き、その実、「どこか人間離れした不真面目さのギャップ」がどことなく「ほのぼのとした笑い」を醸《かも》し出しているように思える。そこに笑いの真髄があるような気がして勉強させてもらってきた。考えに少々の遊びというか、幅があって、気を抜く部分がなくては人間が擦《す》り切れてしまうと思う。

古今亭志ん生《ここんていしんしょう》師匠が、「貧乏は悩むもんじゃない、味わうもんだ」っていわれたそうだが、なるほど、あの名人の域に達すると、真面目と不真面目が混同して、「そっか！　貧乏なんて怖かねぇ～や！」みたいな気になるから嬉しいですよ。そりゃ～本気でいえば「味わいたくはありません」なんだが。

今の芸能人は何が何だか、冗談、シャレの区別がないのも悲しいかな。同業者の麻薬・覚せい剤・大麻汚染などが、数多くの事件になって世間を騒がせているのは口惜《くや》しい限りだが、そのいたたまれない事件を報道する陰で、同業者がバラエティー番組で大騒ぎをして笑っている。仕方ないといえばそうなんだが、これが同じメディアを通じて発信されているから、メディアもどこまで本気？　という思いになってくる。テレビ界は報道の正確さという使命と、お茶の間に娯楽を届ける役目を持っているからやむを得ないけれど。

　わたしの年代から見ると、「天国と地獄が同時進行」しているのが我が国の現実の姿かな？　と思えるわけでして。どうも、それが日本だけではなく、世界全体の風潮かもしれないんだが。

　政治家の嘘っぽい意見や、貧乏と富裕層の大格差など、一世紀前ならクーデターが起きても不思議ではない世情にもかかわらず、無風と、他人事で過ぎていく日本国。一言でいえば「もういいや！　自分のことは自分で何とかせにゃ〜」である。

　テレビ界が「悪」というつもりはないけれど、番組制作者たちの「心」にデリカシーが欲しいなと思われる作品が多いと感じる。お笑い芸人がいいとか、悪いとかの問題ではなく、見る側の人たちのデリカシーもなくなっている気がする。笑いそのものが、あまりに辛辣《しんらつ》過ぎて、昔のおおらかな、時がゆっくり過ぎていくような笑い、とは程遠いのは残念でたまらない。

　今は、刺激優先で、トーク番組も、映像も、「これでもか！　これでもか！」だ。表面的には一見面白くもあり、確かに見たいと思う時があるが、見終わった後に何も残らない。そんな番組が多過ぎる。数年前、台風被害で落果したリンゴの山の上を、レポーターが長靴のまま踏み潰して、口ではいかにも農家の被害に同情するようなコメントをしてみたり、いたいけな子供が犠牲になった目を覆うような悲しい出来事を、その被害者の家族を追いかけまわして取材するなど、目に余る。

これだけ書けばテレビ界から嫌われて、出演させてもらえない可能性も十分である。でも、しょうがない、書いてしまった。わたし「せんだみつお」の芸歴五十年、還暦を過ぎた一人の芸人の苦言というわけだ。

「頑張って！」「元気を出して！」こんな言葉で元気が出るなら苦労なんかあるもんか？ですよ。

何を持って元気な人というのかな？

ちょっと古いが「健全な精神は健康な肉体に宿《やど》る！」。確かに健康は全ての源《みなもと》であることに異論はない。最近のように「目に見えない、心が健康ではない人」が多いと、あながち、身体元気が全て元気とはいい難いし、せっかくの健康体も、いわば宝の持ち腐れであろう。それなら「心の健康」とは？　である。

「せんだみつお」流にいってしまえば「夢」と「希望」を持つ、あるいは持ち続けることではないかと思う。しかし、今の日本の現状下では、単純なこの二つを持つことさえ難しい。「夢は寝てる時に見てろ！」「叶わぬ希望は空想だ！」、心ない、見えない力によってこれらは無残に粉砕されてしまう。

見た目幸福そうに見えるものより、少々不幸そうに見えるものの方が受け入れやすく、自分が多少優位に感じて安心なんだろう。だから、全てが他人事なんですね！

◇

わたし「せんだみつお」は、実は不真面目に考えたことがなく、全部真面目に考え、生きてきたつもりです。ただ、ポイントが若干ずれていたらしく、不真面目に捉えられてしまうことが多かった。

わたし「せんだみつお」流に考えると、真面目過ぎると、時折、怖い人間が生まれてくる可能性がある気がするので、車のハンドルのように、多少の「アソビ」はあってもいいのかなと思うようにしている。簡単にいってしまうと「真面目を不真面目っぽく」ですかね。

多くの悩める世代が、行き場を失って、生き甲斐《がい》を見失って自ら命を絶つなんてことは、結局、真面目過ぎて息切れした結果の選択なんだと思います。身近に話す相手がいて、心を明かす相手がいれば、決して死を選ぶはずもないでしょう。友は最高の財産といっても過言ではないですよ。ありあまるお金があって、何不自由なく暮らしているようでも、信じる友も、家族もいなかったら、それは地獄です。

幸せってものは、適度のお金と、あったかい家庭と、何でも語れる友と、健康があれば、それ以上は要らないと思いますけど。

⑲
ネクスト・ワン

「ネクスト・ワン」

このチャップリンの言葉にはいい知れない力がある。どんなにつらい中で喘《あえ》いでいても、打ちひしがれていようとも、「今度こそ！」という響きと、「何くそ！」という気概があるように思う。

人間は失敗の中から成長する動物で、いつもいつも、明日を信じて生きようとする。明日を信じなければ生きる意欲もなくなってしまう。

あの偉大なチャールズ・チャップリンはある時、「あなたの作品で一番優れている作品は？」と聞かれ、「ネクスト・ワン」と答えたという話は有名だ。つまり、「次の作品だよ！」というわけだ。あの世界の喜劇王、チャールズ・チャップリンでさえ、あれだけ優れた名作を世に送り出しながら、次の作品に期待していたということか。

なるほど、表現者はいつも自分の作品に満足することはない。いつも次の作品に命がけで取り組もうとする。華道、茶道から書道、絵画など、あらゆる伝統文化、芸術、芸道の分野に終点はない。

道は途方もなく遠く、険《けわ》しいもので、人間が一世一代で辿《たど》り着く終着駅は見えない。人が何かに行き詰まり、全ての目的と道を塞がれたとき、不安にかられ、自らの生命を断ち切るのかもしれない。

わたし「せんだみつお」も何度か似たような気持ちに陥ったことがある。そんな時にわたしを支え、「負けてなるものか！」と気骨を奮い立たせてくれた言葉がこの「ネクスト・ワン」だった。

人はそれぞれに悩みがあり、自分が潰されてしまうか、その中から立ち上がろうとするかが、生死の分岐点のような気がする。そんな時に思い出して欲しい言葉が「ネクスト・ワン」である。

難しく考える前に「いいさ！　明日があるさ！」だ。たくさんの誹謗・中傷や罵倒のさ中にいようとも、実は、その中に活力を取り戻すヒントがないとはいえない。つまり「何くそ！」という復活の狼煙《のろし》を上げることだ。

我々団塊世代は、いつもいつも、競争社会の中で他人と比較され、優劣を勝手に判断されてきたように思う。昭和22年～24年生まれがその最たるものだろう。

なにしろ、小・中・高の時には一クラスが五十人～六十人もいて、人口の多い区域の学校は十クラス以上もあったのだから、今の時代からしたら驚きだろう。そのせいで、大雑把にまとめられて大雑把に扱われ、大雑把に社会に放り出された世代でもある。高度成長期と重なって、大学生は学ぶよりアルバイトに専念し、一部の学生は「学生運動」に身を投じ、全体的には「それいけ！　わっしょい！」みたいな社会現象の真っただ中。

その団塊世代がちょうど還暦か、ちょっと過ぎた。そろそろ老境に手が届く頃、日本は衰退の道を転げ落ちそうになっている。年金の受給年齢も六十歳から六十五歳に引き上げられ、団塊世代の二世、つまり、「団塊ジュニア」はバブル崩壊の洗礼を受けて就職もままならぬことになってしまった。

前にも書いたが、さかのぼれば、その団塊の親世代が「後期高齢者医療」問題で国に捨てられた。この苦しさを、やるせなさを、いたたまれない苦痛を、どこにぶつけることもできず、自らの命を絶ったとしたら悲しい限りだ。

団塊の親世代は戦争に苦しめられ、団塊は競争社会に苦しめられ、その二世がバブルに苦しめられ、その三世が保育園に入ることもできない待機児童にされ、四代わたって国によって「さいなまれる」始末、明るくなろうともなりようもない。

そうした人たちに心から伝えたい言葉が「ネクスト・ワン」だ。逃げてはいけない、避けてはいけない、真正面にみんなで向き合い、取り組まなければならない問題なのだと思う。

勇気とは「有気」で、気概がある、気力がある、へこたれない気持ちなのだと思う。だからこそみんなの支え、励ましが要る。

何度となく自信を失いかけたわたし「せんだみつお」は、あなたに、皆さんに、私が励まされ、その都度立ち直りのきっかけをくれた言葉「ネクスト・ワン」を伝えたい。何かつらいことに遭遇した時に思い出して欲しい。

「人間なんてさ、どうせ最後はみんな死んじゃうよ！　江戸時代の人が生き残っているかよ？　明治時代の人が生き残っているかよ？　少しはいるな！」。

わたしは、あの金さん銀さんに二度ほど取材でお会いしたことあるけれど、百歳超えて、あんなに立派な大輪の花咲かせたじゃないですか。まだまだ、「この先いいことあるぞ！」と信じなきゃ。「ネクスト・ワン」なんだから。人は役目があるうちはご先祖様がお迎えに来ない。こっちからご先祖様に近づく必要なんかないんだから。

実は「ネクスト・ワン」は森繁先生もよくおっしゃっていました。「全てが時代と共に過去になる。せんだ！　だから人間はみんな未来を見て、信じて励むんだ」と。これ「ネクスト・ワン」ですよね！

「なかには励まない奴もたまにいるけれど」とおまけつきでおっしゃった。わたしのことではありませんぞ。

悲しむことは誰でもできる、怨むことは誰でもできる、うらやむことは誰でもできる、苦しいことから逃れようとは誰でもする。だから踏み止まって、明日に期待をかけて進もうよ、と伝えたい。

◇

人間、過去を全部消すことができたらどんなにかいいだろう、なぜって、ぜ～んぶ、初めからやり直せるから。

果たしてそうかな？　という疑問にもぶつかるけれど。もちろん、そんなことはできるはずもないけれど、多く辛酸をなめ、苦しんできたとするなら、いっそ消したいと思うのも人情というもの。もし人間が「冬眠する動物」だったらリセットしやすいのに。

話は全然違うけれど、熊って凄い。メスは秋に、冬眠のための栄養を身体に貯《た》め込んで、冬眠中に大体二匹の子を産み、春に冬眠から覚めて餌《えさ》が食べられる頃まで、蓄えた栄養で乳を飲ませて育てる。こんなに凄いのに、なんで十二支に熊が入ってないんですかね？

しかし、神様は人類を「万物の霊長」とし、優れた脳を与えたわけだ。

人間以外の動物にウソはないし、冗談もないし、時の観念もないということだ。人間の凄いところは、あの「それでも地球は動いている！」といったガリレオ・ガリレイ以前から、天動説・地動説は別として「時」を考え出したことなのかもしれないな。それなら、万物の霊長たる人間様として、「生」ある限り生きなくてはならない。

裕福に生まれようと、貧乏に生まれようと、生きる権利は同じさ。それなら、与えられた環境の中で、精一杯、喜怒哀楽を共に生きていこうよ。次に期待してさ。「ネクスト・ワン」だから。

⑳ 夜明け色、日暮れ色

初日の出を新たな気持ちで迎えるという習慣は日本だけのものではなく、世界中でニューイヤーを祝い、初日の出を大騒ぎしながら迎える映像を見る。

太陽を神とあがめる宗教は多いし、太陽をかたどる国旗の国もたくさんある。特にそれが顕著なのが日本の国旗「日の丸」だ。今の人には見当もつかない話だが、弁当箱に白いご飯を詰めて、おかずは梅干し一個。それを真ん中に入れた、いわゆる「日の丸弁当」などは国旗をもじった典型的なものだ。

ここでは、人生を「色」に例えて考えてみることにした。順風満帆の人は人生バラ色というし、つらく悲しい真っただ中にいれば人生灰色と。

わたし「せんだみつお」が、人生論なんて、大それたことをいおうというのではないし、先輩諸氏が聞いたら、「せんだに人生論はまだ早い！」といわれるかもしれないが、「せんだみつお」も本書が出版される2010年には六十三歳になるので、まぁちょっと触れるくらいならと思って書いている。従って人生論ではなく、人生観ということでさらっと流してもらいたい。

日の出は勢いがあって、活力があって万物の営み全てに恵みを与える原点である。「今日も頑張るぞう～」という意欲にも結びつくし、力を注いでもくれる。だが、心が沈んでいる時に見ると、いつも輝かしいとは限らない。

夜明け色とは、一般には朝焼けということだが、太陽も、この勢いも天空の中心まで昇りつめると、やがては西に傾き、やがて日没となる。沈まずに輝き続けることはなく、全ての営みに似てやがて落日を迎える。

人間に例えれば、「成功者は成功者として、永遠に輝き続ける」ことはあり得ない。国に例えても同じで、数千年続いた文明もやがては滅び、永遠に栄えることはないと歴史が証明している。

直近の話題では、トヨタ自動車の「プリウス」の欠陥が世界的に問題になった。一時期はアメリカの「GM」さえも買収すると噂された世界のトップ企業なのに。創業者一族から久しぶりに社長を迎えた矢先のことで、どこか緊張感が欠落しちゃったんですかね。あれほど信用と技術力で繁栄した会社だから立ち直ると思うが。

日暮れ色は誰でも夕焼けを連想する。朝焼けに比べれば、夕焼けは長く輝くが、やがては暗黒の暗闇になっていく。当たり前の「日々の天体ショー」だが、日没前の夕焼けほど美しいものはない。

人生観を、この色に置き換えてみると、夜明け色は勢いこそあれ、「驕《おご》る平家久しからず」

に通じ、永遠に輝き続けるわけもなく物悲しい。日暮れ色は一見寂しそうだが、天空を真っ赤に染めて、やがて沈むけれど「精一杯燃えた」充実感を感じ、「そしてまた日は昇る」につながる。つまり、人間なんて、どんなに成功者であろうとも、やがて身は滅していくもの、夜明け色を好むか、日暮れ色を好むかは個々の気持ちによる。

今、日本は「勝ち組」と、「負け組」に仕分けされているが、これとて、本当のところ勝者・敗者の区別はつけがたい。

２００９年12月～２０１０年1月にかけて正月の休暇を外国で楽しんだ人数が百万人超で、ホームレスの人たちや、派遣村や、東京都で用意した仮宿舎で過ごした住居と職を失った人も、ほぼ同数いるわけだ。今や失業者は六百万人を超すという。

これだけを見れば、外国休暇組が一見勝ち組に見えるが、果たしてそうかという疑問につきあたる。正規雇用者さえ、いつリストラの対象になるか、特に中高齢労働者は戦々恐々なのだ。決して「明日が安泰だ！」なんていえないところが日本の現状かもしれない。

本来動物は、僅かな糧と、身を守る安住の場所さえあれば生きていけるのに、幸か不幸か、人間はそうはいかないところが問題なのだ。まぁ欲張り過ぎないで、そこそこ身に合った生活をしようよ……と薦めたい。

因みに、わたし「せんだみつお」は、例の道交法違反の不祥事で免許を返納し、今や都内の移動は全て公共交通機関を利用している。電車だと直接皆さんと話ができて楽しいし、ある地方では、高校生軍団と乗り合わせ、

「オジサン！　もしかしてさぁ～せんだみつお？」

「イヤ！　よくいわれるよ！　そんなに似てる？」

「うそだぁ～！　本物だよ、ねぇ～ナハナハってやって」

若い上に、遠慮も何も置き忘れてきちゃった世代だから、ずうずうしいといえばずうずうしいが、可愛いといえば可愛いので「よし！　お前ら一列に並べ！　手をこうやって」なんて、ナハナハ指導しちゃった。

「生でナハナハ見た！」とか、「せんだみつおと電車の中で一緒にナハナハやった！」とか、さぞ後で話題になったことだろう。

つまり、人間なんて人それぞれ。お高くとまっていても、気安くみんなと和気あいあいに過ごす方がいいに決まっている。和気あいあいの方がわたし「せんだみつお」は好きだな。

なぜ？　それは孤独になって落ち込まないからだ。

◇

人が一番寂しさを感じるのは周りから無視された時だろう。

中高生のイジメはこの「シカト」という無視から始まると聞いている。疎外感というやつで、大人社会にも通じる究極のイジメ。昔風にいえば「村八分《むらはちぶ》」だな。

陰険で、口を利かず、密かに集団性を持ち、見えないところでネチネチ追い詰める。もしもそんなことに出会ったら、わたし「せんだみつお」なら、傍目《はため》にどう映ろうと、一人で騒ぎ立ててやるだろう。どうせ騒ぐなら「いじめグループの固有名詞を一人ひとり名指しで」やってやる。まぁ～性格もあるだろうが。

「イジメグループ」なんて、しょせんは弱者の集団みたいなもので、自分一人では何もできないから徒党《ととう》を組んでいるに過ぎない。

降りかかった火の粉《こ》は、自分で振り払っておかないと、また降りかかるだろう。いくらイジメても相手が落ち込まなければ自然鎮火すると思うし。そこまで我慢ができないと負けちゃうからさ。

イジメグループなんて初めから弱者集団と思えば「なにを！　こいつら！」って立ち向かえるよ。

㉑

子を思う親・親を思う子

子は親にとっては何にも代えがたい宝物、財産である。親は「この子のためなら」と命がけで働くし、仮にどんな重病に冒されようと、自分の臓器の提供で我が子の命が救えるなら恐怖はないだろう。それが子を思う親の情というもので、それは掛け替えのない絆の証でもある。

昨今、子と親の関係が妙に希薄になっているのは悲しい、寂しい現象である。特に団塊世代を親に持つ、「団塊ジュニア」に多いと聞く。

わたし「せんだみつお」を例に取れば、親に可愛がられ、年の離れた兄にも可愛がられて、我がまま一杯できてしまった。お恥ずかしながら、親子の絆、親の情なんて「あって当たり前」みたいに育って、ふと自分が親になって「れれれ？　そうか！　そうなんだ！」なんて気がついた次第。

考えてみれば、長男・長女ともそれなりに健康で、親には普通の心配程度で（？）成長し、他人に迷惑をかけることもなく、とりあえず自力で生活してくれている。特に成功者でなくっても、普通に生活をしてくれれば、親にとっては一番ありがたいことだ。

ところで、わたし「せんだみつお」の交友関係の中に、重度の障害者の若い青年がいる。

実は、わたし「せんだみつお」はこの障害者という表現は大嫌いだが、読んでいただく方に分かりやすいので（ここではぐっと堪えて）使っています。

もう随分長いつき合いで、時間が許す限り、わたしが車椅子を押して博物館や美術館など、色々な催《もよお》しを見学したりしている。地方の営業が重なり、なかなか会えないのは寂しいが、それでも一年に数回は会って出かけている。

わたし「せんだみつお」としては、彼ら若者に、可能な範囲の中で、生き生きとできる仕事があったらいいと思っている。彼らの両親が抱える共通の心配として、いつでも「自分たちが死んだらこの子はどうなるのだろう」という恐怖を口にしている。

例のライオンヘアーの総理大臣と、明治維新前夜まで江戸城に巣食っていた、茶坊主みたいな御用商人的学者によって切り捨てられた「障害者自立支援法」によって、彼らがどんな痛みを受けたかを知って欲しいと叫びたい。政権交代で果たして「障害者自立支援法」は廃棄されるのか見守っている。弱者をいたわってこその先進国だろうに。

彼ら障害者が仕事を探す時にまず突き当たるのが「能力」という言葉の壁なんだそうだ。もちろんハローワークなどで仕事を探すことはほとんど難しい。しかるべき自立を指導する職業訓練所の求人を頼るか、障害者の作業所などで働く他にはなかなか見つからないし、給料も一ヵ月働いて一万円という安さに驚かされる。それでも不満はいえないのが現実の姿である。

しかも働く場合でも、まず「何ができるか？」から始まり、残された能力検定なるものを経て、訓練して必要な知識や技術を身につけるという。「残された能力で何ができる？」であってそこには、「何がしたいか」は存在しないという。

それを聞くたびに、わたし「せんだみつお」は考えてしまう。人間なんて誰だって能力の範囲でしか生きられないだろうと。「残された能力」って疑問ですよね、能力なんてものは、生まれた時から身についていたり、学んで幅を広げていくものでしょうにと。

それでも、障害者の職業訓練をする組織でさえ「残された能力」と、担当者がいとも簡単にいってのけるらしいのだ。いつも上から目線で見据えて、とどのつまりがパソコン練習と相成る始末だ。人それぞれで、パソコンも得手不得手はあり、好きな人もいれば、嫌いな人もいる。

第一それを薦める担当者には「どんな能力があるの？」であって、「もしかして、何にもないの？」「それってあんたの残された能力？」と聞きたくなるのです。

結局、職に就いても、無理にやろうとする仕事は長く務めることもできないで、退職ということになってしまう。

今のところ、国も、県も市町村も、障害者の仕事を作ることは考えていない。もちろん、理想論といってしまえばそれまでかもしれないが、「何ができる?」から「何がしたい?」に、「残された能力」から「その人が持つ能力」に替えていかないとね。人間の基本的な尊厳の問題なんだから。


間もなくカナダのバンクーバーで冬季オリンピックが開催される。この本が出る頃にはもう閉幕しているだろうが一言書き添えたい。

もちろん日本人の一人として、日本のアスリートたちの大活躍を期待している。わたし「せんだみつお」がここでいう大活躍は、決してメダルの色ではないことを明記しておく。世界中の競技者の中で、堂々と、精一杯持てる技術を発揮して欲しいということだ。

ここでは特に、パラリンピックについて一言意見を書きたいと思う。

わたし「せんだみつお」は、身体の不自由と戦い、鍛え、普通の健常者以上の努力をして出場する選手諸氏には心からエールを送りたいと思う。きっといい知れない、他人には明かせない苦悩の連続であったろうと考えるから。

身体の不自由な人たちの代表として思う存分競技して欲しいと願う。

その一方で、一般社会の健常者の皆さんにお願いがある。

それは、不幸にして、生まれながら重度の障害を持つ人も、学校の体育の授業やその一環で負傷した人も、交通事故にあった人も、あるいは仕事で受傷した人もいる。その中には、食事も、入浴も、排尿・排便に至るまで全介護に頼らなければならない少年・少女がいることを考えてほしい。

パラリンピックで大活躍した選手を褒め称《たた》えるのはいいとして、そこだけに目を留めないで欲しいと願いたいのだ。寝たきりで、病院や施設のベッドの上で、「僕も、私も、あんな風に活躍できる障害者だったらいいなぁ〜！」と涙して、羨望《せんぼう》の眼差《まなざ》しで見ている少年・少女を思い浮かべてください。各メディアの方々も、パラリンピックの応援と共に、これらの人たちにも思いを馳せて応援して欲しい。

彼らに温かい心が届く日が来ることを願う。この子供たちの両親は、他の誰よりも愛情深く子とかかわりを持っている。だって「君なら、この子をちゃんと育てていく心がある」と神様に選ばれし人たちだから。苦しいのは自分だけじゃないと社会を見回してみると、勇気が出るでしょう？　だめですよ！　絶対に！　自死の道を選んじゃ。

一部のメディアが、パラリンピック協賛を旗印に騒ぎ立て、一人の突出した司会者がはしゃぐ姿を弱者が支持することは決してないでしょう。にわか仕立ての「優しさ」「思いやり」は傲慢としか映りませんよ。

㉒

復活への道を求めて

お笑いには元来「型」があると思う。

お笑いの型は三十年周期で回ってるようなもので、忘れた頃に昔のネタが急に脚光を浴びたりする。昔の大ヒット曲がカバーされて再ヒットになったりするのと同じで、世代が変われば、新鮮なネタというわけだ。

落語の世界では師匠に入門し、「前座、二つ目、真打」と、長い年月をかけて師匠に稽古をつけてもらって伝統芸を磨いていく。

漫才の世界も昔は師匠がいて弟子入りから始まったが、当節は「漫才学校」なるものができている。その師匠から受け継ぐのは芸ばかりでなく、礼儀やしきたりを身につけながら一人前になっていったものだが、それがなくなった。そのせいか、面白いかもしれないが奥行きというか、深みがなくなってしまった。

わたし「せんだみつお」は、若い時にはラジオの生中継から、そして、そこそこの年齢になってからは、司会、舞台、テレビドラマ、映画など、現代劇、時代劇と何でもこなした。

子役から始まって、芸能生活五十余年、黄金期あり、氷河期あり、おまけにスキャンダルありで、「せんだみつお」を名乗ってから、色々と苦しい思いも体験しつつ、でも芸能界で名を失ったことはなかった。それは若い時代に培った努力も多少はあったろうが、おおむね

「せんだみつお」の名をファンが忘れていなかったからだ。

テレビ番組で「あの人は今?」なんていうと、真っ先に「せんだみつお」となるらしいが、名前がなければそれも忘れられている。

昔は晴れて(?)「嫌いなタレント第一位!」にも輝いたことがある。この「嫌いなタレント第一位」は「好きなタレント第一位」と同意語だったりすることがよくある。「好きなタレント第一位」と「嫌いなタレント第一位」が同じ人だったりすることはよくあることなのだ。これは芸能界では存在感の証であり決して悪いことではない。

芸能人にとって、何が一番恐ろしいかは「あの人は今?」ではなく、いつの間にか消えてしまい、思い出してももらえないことだろう。

今、テレビのチャンネルを回せば出まくっている同じ顔が、果たして十年後に生き残っているかは誰にも分からない。それだけ「芸名」は看板だから大切な宝といえるだろう。

誰だったかは忘れたが、芸名には「一文字の濁音」と「ん」が入っていると、その芸人は成功するといっていた。別に定かな定義があっていったわけでもないだろうが、わたし「せんだみつお」はなぜかぴったり当てはまる。芸人として、決して成功したとはいえないが、名前だけは全国区になった。

この本の監修をしてもらっているヒルマさんが、能登《のと》半島の先端を旅した時、別のお客さんグループが宴会でゲームをやっていたので、黙って聞いていたそうだ。

ゲームは平仮名で「あ」といったら何を連想するか？　というゲームだったそうだ。それは、名所でも、品物でも、人名でも、一番先に思いついたものをいうというものだったとか。もちろん「せんだみつおゲーム」流行の十年以上も前の話である。

ゲームが進み「み」までいった時、ヒルマさんは「美川憲一《みかわけんいち》さん」かと思ったが、予想に反して「美空ひばりさん」だったそうだ。まあ考えてみれば、美空ひばりさんを超す「み」がいるわけもない。

ゲームが進み「せ」まで進み、じっと聞き耳を立てていたら、あにはからんや「せんだみつお」が一番先に出たそうだ。ヒルマさんは、てっきり歌手の「瀬川瑛子《せがわえいこ》さん」だろうと思っていたので驚いて、後日「せんださん！　君の名前は全国でまだまだしっかり生きてるよ！　君が芸能界で、今のままでいいのなら余計なことはいわないが、昔の黄金期を目指して復活を願うなら、ナハナハ！　だけじゃだめだね」ときついお言葉。世間から、「せんだみつおを見直す何かを考えなさいよ」といわれた。もう二十年も前の話ですけれど。

わたしは基本的には「お笑い芸人」のカテゴリーだが、今後は、還暦を過ぎた芸人として、どんな仕事にも取り組んでいこうと思っている。

今までも、舞台も、司会も、俳優も、何でもやらせてもらってきたけれど、考えてみたら歌手はなかった。ん？　あったあった、昔『こんな会社辞めちゃおう』なんてレコード出したことが。今でも、古いカラオケには入ってるらしくて、忘年会のシーズンになると結構歌われてるそうだ。

わたし「せんだみつお」復活の狼煙《のろし》を高々と「書く分野」で上げてみようかな。

◇

人間には飽くなき欲があるもの、その中で一番強い欲が「生」であることは当然だ。「生」に不可欠なものは食欲で、先にも書いたが、生まれてすぐお母さんのオッパイを、その日から自力で飲む。これが第一の生存欲であり、金欲とか、物欲とか、性欲とか、征服欲とか、権力欲とか、名誉欲といったものは、全てが「生きる途中のついで欲」なんでしょうね。

わたし「せんだみつお」が知っている今は亡き有名人の方々も、亡くなる直前から食欲が落ち、何も喉を通らなくなって、持っている体力の全てを使い果たして旅立つ。日本人は「飽食の時代」まっさかり、太り過ぎた人たちが夜中に「ジョギング」している光景はナンセンスで、それなら食べなければ自然に体重は減るんですよ。

「太る、痩せる」はさ!……簡単にいえば「足し算と引き算」なんだよね。「ダイエット」って、日本人はみんな痩せることって思ってるでしょう。本当の意味は、健康のための食事療法って意味だってさ。

そうはいっても、胃袋の要求に負けて、食べ過ぎちゃうわけです。貧しい、食糧が困窮している国の人に反感を抱かれると思う。


日本は2050年には人口が九千万人になるそうだが、現在の食糧自給率が41%なら、人口比自給率が70%まで上がるといった政治家がいた。こういうことをいう人をリーダーにしていたら、国が滅びてしまう。この国には復活への道はあるのか?

そういうわたし「せんだみつお」も他人のことばかりいってられない状況になってきた。わたし「せんだみつお」も表現者の一人、いうべきはいい、聞くべきは聞き、あらゆるメディアを通じて意見を発信していこうと思う。

この本を読んでくださる読者の皆さんに語りかけたい。「自分を追い詰めないで、意思表示をしていかないと世の中の隅へ、隅へと追いやられてしまうよ」と。

絶対に探そうよ！

復活への道を！

書き終わって

久しぶりに言葉と文字と格闘したというか、戦ったような気がします。

いつもは、ぶっつけ本番で会場に着いてから「しゃべりネタ」を考えたり、映画やテレビドラマの場合は台本があるので、自分のセリフを覚えるだけで、後は雰囲気作りということに気を遣うことが多かったからです。

今回は原稿を書いて、監修者のヒルマさんに送っても、送っても、なかなかいい返事がもらえず、途中で「せんださんの文章は本にならない！」とか「面白くない」とか「お笑いタレントの面白ネタは要らない！」といったきつい一言など、色々ありました。

この本を出すコンセプトを話し合った時に、「団塊世代が今苦しんでいる」、「団塊に限らずイジメで自死に追い込まれる若者もいる」、「派遣切りや解雇で生活の根本を失って追い込まれる人が多い」、「これらの人に、団塊世代の一人として、悩める若者の親世代として」皆さんを応援というか、励ますことができる本にしようという原点があったにもかかわらず、文章がコンセプトから逸脱してしまうことがあったからです。

今度の本は、そういう意味でも、真剣に取り組み、営業に行く新幹線の中で、飛行機の中で、楽屋で、旅館やホテルで、書いては送るという生活でした。

本来は、「せんだみつお・芸能生活五十周年記念出版」と思いましたが間に合いませんでした。書き始めてみると、言葉の難しさ、表現法などで随分行き詰まったり、言葉ってこんなに難しかったっけ？　みたいな連続でした。

いいこともたくさんあったと思います。忘れかけていた言葉、何十年も使ったことがない言葉と出会い、「辞書と首っ引きで言葉探し」をしたりしました。また、高校時代や幼かった日々が昨日のことのように思い出されたり、何十年も別れたままの友や恩師を思い出したりしました。

表現法では、監修者のヒルマさんにヒントもたくさんいただいたし、わたしが言葉を思いつくまで待ってもらったりもしました。「せんださんのお陰で僕は気長になった」など、辛口ジョークも。

書き終わってみると、「あそこは、あの表現でよかったかな？」とか、「もっと掘り下げて書けばよかった」とか、思い残すことも多いですが、今、久しぶりに一生懸命に取り組んだ「満足感」というか「充実感」だけは満たせました。

この本が、苦しむ団塊世代や、悩める人たちのお役に立てたら本望というものです。

最後に「苦しいのはあんただけじゃない！　明日を信じようよ！　そして生きようよ！　死ぬなよう～」と伝えてペンを置きます。

せんだみつお

監修後記

この本を書くにあたり「せんだみつお」さんには、必要な言葉遣いを求め続けた。それは、必要な時に、必要な言葉がいえる人になりたいという、私の青年期から抱き続けた希望でもあったから。

長い間のお笑い芸人としての「せんだみつお」さんは、ややもするとギャグに走りがちになった。反面で、司会者や時代劇、現代劇などの俳優として活躍してきた経験から、知識も豊富で、彼の持つ潜在力が至る所で発揮できたと思う。

この本は、飽くまでも団塊世代や、自信を失いかけた人たちへの「励まし！」や「応援メッセージ！」というコンセプトからスタートしており、今更、お笑いネタなら私以外の共著者か監修人に依頼するべきで、随分と時間をかけ、また表現法にしても、彼が言葉を思い出し、思いつくのを待ちながら一言ずつ丁寧に書いてもらった。

励ます言葉、慰める言葉、感謝の言葉、喜びや悲しみを分かち合う言葉、時にはいさめる言葉など、そのシチュエーションによって言葉は意外な力を持つものだから。

言葉一つで理解し合えるし、憎しみ合うこともある。それは言葉の暴力にもなるし、時には凶器にだってなりかねない。その殆《ほと》んどが、言葉違い、つまりは、その場で必要な言葉がいえていないからだ。結果が、誤解という大きなバリアを作り、歩み寄ることをしなくなる。

私は、かねてから、文章は短く、分かり易い言葉で、気安く「語りかけるように」を心掛けている。言葉は「言の葉」だから、やり取りする人の間を「ひらひらと舞う」ように、文章もまた同様に、書く人と読む人の間を「ひらひらと舞ってもらいたい」と願って書いてきた。「せんだみつお」さんの文章として、「これだけは明確に伝えたい！」と思った時は、決して歯に衣《きぬ》を着せるような曖昧な表現はせずにはっきりと書いてもらった。心を込めて伝えた言葉や文章は、意外に相手の心に届くものだから。

そういう意味で「せんだみつお」さんは、私の要求に応《こた》えて随所に印象に残る言葉を書いてくれたと思う。

当初の「せんだみつお芸能生活五十周年記念」には数年経過してしまったが、この本が「せんだみつお」さんの復活への第一歩になってくれれば、そうして、読者の方々が勇気を出して立ち向かっていく一助になってくれたら嬉しい限りだ。

監修人・ヒルマトミオ

せんだ みつお

タレント、俳優。

昭和22年7月29日、旧樺太生まれ。駒澤大学経済学部中退後、服部栄養学園を卒業し調理師免許を取得。ムッシュ中野という芸名でビリー・バンバンの付き人兼コンガ叩き兼司会をし、ラジオの公開番組の前説などでも注目される。昭和44年、ニッポン放送『ワゴンでデート』のDJとしてデビュー。47年、文化放送『セイヤング』で人気を得る。同年TBSの『ぎんざNOW!』の司会に選ばれて一挙に知名度が上がり、48年には日本テレビの『うわさのチャンネル!!』でコメディアンとしての才能も発揮し黄金期を迎える。テレビにラジオに大忙しだった昭和53年、過労で倒れ4ヵ月間入院。復帰後氷河期に突入する。以後、俳優、拾いの仕事、友人の結婚式の司会で活躍。ドラマでは『おんな太閤記』、『花の乱』、『新夢千代日記』、『水戸黄門』、映画では『トラック野郎・突撃一番星』、『こちら葛飾区亀有公園前派出所』などに出演し、好評を得る。昭和60年、空き巣に入られる。タレントを狙った空き巣の被害額で最少記録を作る。平成6年、オートバイの2人組にからかわれ車で民家に激突。報道の大きさに「まだまだやれる」と自信をつける。平成10年、「せんだみつおゲーム」が流行し、コマーシャルにも使われ10万円をもらう。11年、サウンドシミュレーションゲーム『ビートマニア』に主人公のDJ役で登場。ゆず、ラルク・アン・シエルのプロモーションビデオにも登場。12年、ミレニアムを記念して「にせんだみつお」に改名すると宣言するもマネージャーらに猛反対され断念。9月、運転中にワゴン車に激突、半年の謹慎生活をする。13年、ヒット曲『明日があるさ』に便乗し『明日がないさ』を発表。芸人としては類まれなる天才であることは、多くの文化人が認める。現在も只管(ひたすら)ニッポンのことを考えながら、日々奔走している。

ヒルマ トミオ(監修人)

昭和12年生まれ。大手建設会社勤務の後、大手商社へ。昭和38年に独立し、食品会社・レストランの会社の取締役・社長等歴任。現在、「株式会社 学舎(まなびや)」代表取締役。

著書として、『君は二十歳で社長になれる～中高生、若者諸君、君こそ一国一城の主だ!』(文芸社刊)、『日本国・崩壊の危機～子供を裏切らない大人になろう!』(バーチャルクラスター刊)がある。その他、昭和58年から60年まで経済紙『興信情報紙』のコラム執筆を担当。

［ブックデザイン］　高岡 雅彦（ダンクデザイン部）
［本文組版］　Mojic

「せんだみつお」が只管《ひたすら》ニッポンに
ついて考えた笑えない22のこと。

二〇一〇年八月二〇日　初版発行

著　者　せんだ みつお
監修人　ヒルマ トミオ
発行者　井上 弘治
発行所　駒草出版　株式会社ダンク 出版事業部
〒一一〇―〇〇一六
東京都台東区台東一―七―一 秋州ビル二階
TEL 〇三（三八三四）九〇八七
FAX 〇三（三八三一）八八八五
http://www.komakusa-pub.jp/

印刷・製本　モリモト印刷株式会社

ISBN 978-4-903186-83-2